797,885 Books
are available to read at

www.ForgottenBooks.com

Forgotten Books' App
Available for mobile, tablet & eReader

ISBN 978-1-332-49808-6
PIBN 10318901

This book is a reproduction of an important historical work. Forgotten Books uses state-of-the-art technology to digitally reconstruct the work, preserving the original format whilst repairing imperfections present in the aged copy. In rare cases, an imperfection in the original, such as a blemish or missing page, may be replicated in our edition. We do, however, repair the vast majority of imperfections successfully; any imperfections that remain are intentionally left to preserve the state of such historical works.

Forgotten Books is a registered trademark of FB &c Ltd.
Copyright © 2017 FB &c Ltd.
FB &c Ltd, Dalton House, 60 Windsor Avenue, London, SW19 2RR.
Company number 08720141. Registered in England and Wales.

For support please visit www.forgottenbooks.com

1 MONTH OF FREE READING

at

www.ForgottenBooks.com

By purchasing this book you are eligible for one month membership to ForgottenBooks.com, giving you unlimited access to our entire collection of over 700,000 titles via our web site and mobile apps.

To claim your free month visit:
www.forgottenbooks.com/free318901

* Offer is valid for 45 days from date of purchase. Terms and conditions apply.

English
Français
Deutsche
Italiano
Español
Português

www.forgottenbooks.com

Mythology Photography **Fiction**
Fishing Christianity **Art** Cooking
Essays Buddhism Freemasonry
Medicine **Biology** Music **Ancient Egypt** Evolution Carpentry Physics
Dance Geology **Mathematics** Fitness
Shakespeare **Folklore** Yoga Marketing
Confidence Immortality Biographies
Poetry **Psychology** Witchcraft
Electronics Chemistry History **Law**
Accounting **Philosophy** Anthropology
Alchemy Drama Quantum Mechanics
Atheism Sexual Health **Ancient History**
Entrepreneurship Languages Sport
Paleontology Needlework Islam
Metaphysics Investment Archaeology
Parenting Statistics Criminology
Motivational

S. D. GALLWITZ
DREISSIG JAHR WORPSWEDE

NEBENSTEHENDE ZEICHNUNG VON BERNHARD HOETGER
WURDE VON DER KÜNSTLERPRESSE WORPSWEDE
AUF DEN STEIN ÜBERTRAGEN UND GEDRUCKT

COPYRIGHT 1922 BY ANGELSACHSENVERLAG G. M. B. H. BREMEN

Wenn man von Süden her durch die nordwestdeutsche Tiefebene dem Norden entgegenfährt, kommt bald der Augenblick, wo sich das Schauen in Ermüdung von draußen zurückzieht, weil jede Überraschung und Spannung der Landschaft aufhört. Der Zug geht wie über eine Tischplatte, vor den Fenstern sind, weit hinten, klare, stramme Horizontlinien gespannt; keine Hügelgruppe baut sich auf, die wir vorwärts Gerissenen zu besiegen hätten, um zu erreichen, was dahinter ist, keine Bewegungsdynamik bringt das Gelände zum Schwingen. Bremen wird sichtbar, aufgestellt an den vorderen Tischrand; seine Türme und Dächer stehen wie mit der Schere ausgeschnitten gegen die Luft; auch hier nichts von Hebungen und Senkungen, die Gliederungen und Akzente des Kubischen bringen könnten. Das ist die plane Ebene in ihrer nüchternen Peripherie.
Kommt man nordwärts über Bremen hinaus, so tritt etwas Neues hinzu. Wohl dehnt sich die Fläche vor dem Blick noch hüllenlos bis dahin wo die Himmelsglocke ringsum aufstößt, aber es webt etwas Geheimes darüber. Mit den Lüften ziehen wir über die gestraffte grüne Ebene in immer lichtere Fernen. Manchmal kommt ein Windhauch, Starkes und Lindes ist in ihm; und plötzlich Aufschwung: das Meer! Irgendwo vor uns muß es sein; wir fahren ihm über Felder und Wiesen entgegen wie über einen Strand.
Noch liegt es fern; aber das Land ringsum weiß viel von ihm zu erzählen, es atmet gleichsam noch mit ihm. Einmal geschah es, da trat das Meer zurück, und wo es geflutet hatte, wollte festes Erdreich sich bilden; aber es wurde nur erst eine zähe Masse und in ihr ein haltloses Werden und Wachsen merkwürdiger Pflanzengebilde, die im Entstehen schon wieder vermoderten. Denn das Meer kam wieder, schickte immer noch einmal

und noch einmal vordringende Wellenmengen in das verlassene Gebiet, ehe es in einem letzten Verzicht sich zurückzog. Seine Stimme verhallte ferner und ferner, dann war auch sie eines Tages verstummt, und nichts war da unter dem hell gewölbten Himmel als die endlos mißfarbene Schlammfläche, in der es wallte und schwankte, als könnte das entwurzelte Element die Wellen des Meeres nicht vergessen.
In jahrhundertlangen Einsamkeiten, in immer wieder werdendem und vergehendem organischen Leben geschah die Umwandlung dieses Schlammmeeres zum Moor. Noch immer kein Erdreich, das ein Festes zu tragen vermochte, aber zäh und widerwillig wuchs an einigen Stellen die Oberfläche zusammen und wurde hart, und dann an andern Stellen. Der Mensch kam in die Gebiete, griff in ihre Entwicklung ein und machte sie seiner Arbeit untertan. Die Periode der Meeresherrschaft jedoch blieb über alle Zeiten hinüber in dem Gelände merkbar und die Dünen, die das Wasser einmal in seinen wilden Spielen aufgeworfen hatte, gaben ihm seinen bestimmten Charakter.
Die Siedelung, die um eine besonders schön und breit gedehnte hohe Düne sich in weitem Kreise lagerte, wurde das Dorf Worpswede; die Düne bekam den Namen Weyerberg. Durch harte Arbeit der Hände, die es ergriffen hatten, wurde das Land nutzbar gemacht. Zuerst war es der ausgetrocknete Schlamm, das Moor selbst, aus dem die Bauern ihren Lebensunterhalt zogen; häusertief konnten die Eisen hineinfahren in die trocken zähe Masse, mauerhoch schichteten sie die ausgehobenen Torfstücke in die Höhe. Aus dem eisernen Ringen dieser ersten Siedler wuchs der Stamm der Worpsweder Bauern empor und mit ihm Getreidefelder, Wiesenpläne, Kiefernforstungen. Moor und Heidewildnis sind durch arbeitende Menschenhand um ein paar Linien weiter vom Dorf zurückgedrängt, aber immer noch sind s i e es, deren wundervolle zarte Herbheit den Temperamentsausdruck dieser Landschaft bestimmt. — —
Das ist die einfache große Lebenskurve des Dorfes Worpswede.

Ruhig atmete das Land in seiner ungebrochenen Einsamkeit, seines Daseins Sinn in den heiligen Bundesworten erfüllend: So lange die Erde steht, soll nicht aufhören Samen und Ernte, Frost und Hitze, Sommer und Winter, Tag und Nacht. Noch trieb es erst Menschen aus seiner Scholle heraus, die zu ihm gehörten wie Heide und Moor, Baum und Strauch. Noch hatte seine Schönheit sich nicht als etwas für sich Bestehendes in einem sich ihrer bewußt werdenden aufleuchtenden Auge gespiegelt; noch war sie damit der Welt vorenthalten.
Der Kunst ist es bestimmt gewesen, dieses Land der Kulturwelt zu schenken. Viele aus der jetzigen Generation werden noch eine Erinnerung an die künstlerische Entdeckung Worpswedes in der Jahresausstellung im Münchener Glaspalast 1895 in sich tragen. Wie in einem Märchen stand man in diesen Sälen, von deren Wänden eine Welt unerhörter Intensität der Farben, im Kunstwerk aufgelebt, strahlte. Die koloristischen Kühnheiten der Schotten sogar, die wenige Jahre zuvor an derselben Stelle einen Sturm hervorgerufen hatten, verblaßten in der Erinnerung vor dieser Modulationsfülle eines wahrhaft dithyrambischen Leuchtens und Glühens der Farben der Natur. Das Staunen der Beschauer stieg zum Gipfel, als sie innewurden, daß dieser Licht- und Farbenrausch nicht ein Gebilde aus irgendwelcher entlegenen Zone sei, sondern daß der westdeutsche Norden dahinter stand. Tiefebene, ein Land der Armut der Natur und der grauen Töne, wo die Sonne an vielen Tagen des Jahres hinter festen Wolkenwänden bleibt und schwere nasse Nebel ganz tief sich herunterlassen. Man las den Namen Worpswede; es war schwierig, die ungewohnt spröde Lautfolge im Gedächtnis zu behalten, sie die Lippen aussprechen zu lassen. Aber man gab sich alle Mühe damit. Alle Welt sprach den Namen und ein Gefühl war dabei, daß man ihn nicht nur für morgen und übermorgen lerne, sondern ein Leben lang mit ihm zu tun haben werde.

Ein namhafter Kunstkritiker schrieb damals über jene fünfundneunziger Ausstellung: „Der Erfolg, den die Maler von Worpswede auf der heurigen Jahresausstellung im Münchener Glaspalast errangen, hat in der Geschichte der neueren Kunst nicht seinesgleichen. Kommen da ein paar junge Leute daher, deren Namen niemand kennt, aus einem Ort, dessen Namen niemand kennt, und man gibt ihnen nicht nur einen der besten Säle, sondern der eine erhält die große goldene Medaille und dem andern kauft die Neue Pinakothek ein Bild ab. Für den, der irgend weiß, wie ein Künstler zu solchen Ehren sonst nur durch langjähriges Streben und gute Verbindungen kommen kann, ist das eine so fabelhafte Sache, daß er sie nicht glauben würde, hätte er sie nicht selbst erlebt. Niemals ist eine Wahrheit so unwahrscheinlich gewesen."
Fünf junge Leute sind es gewesen, deren malerisches Werk als Worpswede in die große Kunst der Zeit hineinsprang: Fritz Mackensen, Otto Modersohn, Hans am Ende, Fritz Overbeck, Heinrich Vogeler. Die Art, wie sie damals zuerst von der Worpsweder Natur Besitz genommen haben, ihr erstes Leben und Schaffen, das lebt heute in diesem Landstrich, als wäre es gestern oder vorgestern geschehen; wird weitergegeben von den alten Leuten an die jungen, und mag wohl einmal im Verlauf langer Zeiten etwas von mythischem Charakter annehmen. Sie alle kamen aus den Gefilden der Romantik, Suchende im Unterbewußtsein nach etwas, das keine Malschule und keine Akademie ihnen zu geben vermocht hatte. Der Hamburger Otto Runge hatte fünfzig Jahr früher vorahnend den Weg übersehen, den diese fünf gingen. „Alles drängt sich zur Landschaft", schreibt er, — „sucht etwas Bestimmtes in dieser Unbestimmtheit. Ist denn in dieser neuen Kunst nicht auch ein höchster Punkt zu erreichen, der vielleicht schöner sein wird, als die vorigen?" —
Das künstlerische Erlebnis, das den „Fünfen" die Landschaft Worpswede brachte, war die fünffach bejahende Gewißheit von jenem „Vielleicht"

eines großen Rassen- und Kunstgenossen; ein tieferes Eindringen in den Wesenskern der malerischen Natur, einen neuen, heldenhaft kühnen Mut zur Farbe und zu farbigem Sehen.
Fritz Mackensen ist der erste gewesen, dem an dieser Stelle Offenbarung wurde. Achtzehnjährig, im Jahre 1884, kommt der junge Akademiker zu jenem breiten Höhenrücken, dem Weyerberg, der wie ein Riesenfabeltier in Einsamkeit sich dehnt. Hinter ihm ist schon manches künstlerische Erlebnis, wie Lehr- und Studienjahre es mit sich bringen. Elternhaus und Schulzeit im braunschweigischen Holzminden. Ein einsichtiger Lehrer erkennt das auffallende zeichnerische Talent in den Zeichnungen des jungen Gymnasiasten und setzt sich für seine Weiterentwicklung ein. Über Düsseldorf und den Historienmaler Peter Janssen geht Mackensens Weg nach München, dann 1880 zu Fritz von Kaulbach, in dessen Atelier er in der Stellung eines Malgehilfen einen Platz fand. Fremd und kalt ist in ihm die Welt jenes eleganten Könners geblieben; was als eigenstes Leben in ihm wühlte und wirkte war norddeutsche Heide, hieß Worpswede, waren stärkste Eindrücke von Land und Leuten, die er von dort aus kurzem Aufenthalt mitgenommen hatte nebst einer mit Studien gefüllten Mappe.
Im Jahre 1889 geht Mackensen wieder nach Worpswede. Es war Heimkehr und doch auch wieder wie der Eintritt in eine ganz neue, noch eben erst geahnte Welt.
Es hat für diesen Maler immer nur e i n e n Weg zu seiner Kunst gegeben; er ist ausgedrückt in dem Worte, mit dem er einmal seine eigene Art gekennzeichnet hat: „Meine Empfindung bleibt immer die gleiche. Sie kann sich nur in bewunderndem Anschauen der Natur weiterbilden." Andächtiges Staunen und leidenschaftliche Hingabe ist der Untergrund, aus dem Mackensens Schaffen emporwuchs, und eine tiefe Verantwortlichkeit den geschauten Dingen gegenüber steht in seinen Gemälden und Zeichnungen hinter der Wirklichkeitstreue.

Als die junge Paula Modersohn, — damals noch Paula Becker, studierenshalber nach Worpswede kommt, wirkt die Wesensunbedingtheit des Malers Fritz Mackensen so stark auf sie ein, daß er ihr zum Prototyp des Schaffenden an sich wird. Sie trägt in ihr Tagebuch ein: „Mackensen kommt alle paar Tage und gibt eine famose Korrektur. Es tut mir gut, mit ihm umzugehen. Es brennt solch ein Feuer in ihm für seine Kunst. Wenn er davon spricht, hat seine Stimme einen warmen vibrierenden Klang, daß es in mir selber bebt und zittert. Wenn er Dürer zitiert, so tut er es mit einer Feierlichkeit in Ton und Gebärde, als wenn ein frommes Kind seine Bibelsprüche hersagt. Sein Gott ist Rembrandt. Ihm liegt er voll Bewunderung zu Füßen und folgt inbrünstigen Schrittes seinen Spuren."
Nicht als Bildner, sondern zunäcðt als der ernst gesammelte Mensch tritt Mackensen der Natur gegenüber. Auf diesem Wege wuchs die Landschaft aus seinen Händen in die Kunst hinein, Zug um Zug, mit allen Eigenheiten und Sonderlichkeiten, die ihre große Art ausmachen. Und mit dem Lande die Leute des Landes, die echtgewachsenen, die die Merkmale seines spröden Bodens, seiner herben Luft, seiner einfachen, selbstverständlichen Unbeugsamkeit im Blut haben. Der Charakter Worpswedes ist es, den Mackensen in voller Auswirkung in seine Arbeiten hineingezwungen hat. Seine künstlerische Entwicklung vollendete sich in einer Kristallisation der Landschaft im Menschen. Bilder wie „der Säugling", die „trauernde Familie" und einzelne Gruppen aus dem „Gottesdienst" sind berühmt gewordene Denkmäler seiner eminenten Auffassung naturgebundener Menschenart; aber auch in seinen großen Landschaftsbildern liegt der zusammenfassende Ausdrucksakzent sehr oft auf den zunächst nur als Beiwerk anmutenden Figuren: den Gestalten der ruhigen Schiffer oder der auf dem Felde hart arbeitenden Männer und Frauen. Und wenn man heute, wo mehr als ein Menschenalter vergangen ist, seit Fritz Mackensen Worpswede zum ersten Male ergriff — wenn man heute

in des Malers Werkstatt kommt, wird der Blick sofort durch ein alles andere verdrängendes Bild gefangen genommen: auf einer mächtigen Leinwand eine Studie im ersten Stadium: Gestalten lebensgroßer Männer, ein alter und ein junger, die in hartem, verbissenem Ringen sich in kleinem Boot gegen Sturm und Wellen stemmen. Urtypen sie beide der Bauernart, die das Land hier gezwungen hat, sich dem Willen und der Arbeit des Menschen zu unterwerfen.

Als Mackensen im Jahre 1889 nach Worpswede ging, ging er nicht allein; ein Studienfreund war mit ihm: Otto Modersohn; ein dritter, Hans am Ende, gesellte sich später dazu. Der Aufenthalt hatte ein vorübergehender sein sollen, aber als den dreien Sommer und Herbst in Schauen und Arbeit unter den Händen fortgeglitten war, fühlten sie, daß nur erst die Oberfläche dieser Natur sich ihnen offenbart hatte. Mackensen schrieb damals, aus kurzer Abwesenheit heraus den Genossen: „Kinder, wir wollen auf unserm Stück Erde zusammenhalten wie die Kletten, um später dazustehen wie die Bäume in der Kunst."

So blieben sie den Winter über und blieben dauernd, und nach fünf Jahren war das Wort erfüllt und die Kunst der Worpsweder Maler stand „wie Bäume" in der Münchener Ausstellung.

Die zwingende Unwirklichkeit der Natur, die in jenem Jahr mit der Kraft elementarer Erdkraft die Beschauer gefangennahm, strahlte am stärksten von einem Namen aus: Otto Modersohn. Sein Schauen hatte den zu Mythischem gesteigerten Sinn des Landes in Farbe und Stimmung beschworen; hatte sie in seine Bilder gebannt. Nicht als ein leidenschaftlicher Wahrheits- und Wirklichkeitssucher wie Fritz Mackensen, sondern mit dem halb nach innen gewendeten Auge eines frommen Erzählers trat der junge Maler der neuen Welt gegenüber. Auch er ein Niederdeutscher westfälischer Herkunft; die herbgestraffte Art seiner

Heimat jedoch aufgelöst in Romantik. Die Welt ihm angefüllt mit Erscheinungswundern, die in jeder Lebensäußerung der Natur vor ihm wallten und webten; in Wolken, Wind, Baum, Blume und nicht weniger in allen Tieren und Tierlein, die der Landschaft im Kleinen Atem und Stimme geben.
Die Welt des Knaben war erfüllt gewesen mit Bildern und Eindrücken, die Unwirklichkeit und Geheimnisvolles bargen, oder doch gut in sich hineinträumen ließen. Alte Städte: Soest, mit verfallenen grün überwucherten Mauern und verschwiegenen Gärten dahinter, und das leidenschaftlich religiös prächtige Münster, in dessen Gassen und Domen das Leben von den Ausdrucksformen der Kunst weit über den profanen Alltag hinübergeführt wurden. Das waren die Jugendeindrücke Otto Modersohns gewesen, und als der Vierundzwanzigjährige nach Studienjahren in Düsseldorf und München nach Worpswede kam, war er nicht ein Maler, den Hunger nach neuen, dankbaren Motiven in das Heideland trieb, sondern ein stiller Dichter, der eine Welt von Poesie in sich trug und nur noch im Suchen nach der Sprache war, in der er sie voll ausströmen lassen konnte. Die um den Weyerberg hingelagerte Landschaft erregte die ganze Intensität seines künstlerischen Erfassens; alle Träume, alle Wunder, die vergraben unter akademischen Studien auf ihre Stunden gewartet hatten, kamen zu ihrem Blütenmai, wurden in den Stimmungen seiner Bilder lebendig.
Modersohn ist der Natur gegenüber reiner Lyriker; vor vielen seiner Bilder meint man Robert Schumans Weisen zu hören. Ihm ist gegeben, aus der Erregung des künstlerischen Erlebnisses heraus den Duft, der über eine Landschaft liegt, ihr Ungreifbarstes zu gestalten; der Maler geht in den Musiker über. Es ist dabei gleichsam, als wäre sein Schauen nicht auf das Auge beschränkt und sein Erfassen nicht auf das, was das Auge einzutrinken vermag: alle Sinnesorgane stehen brünstig empfangend den Dingen gegenüber und werden zu Bestandteilen des Bildes

umgewertet; der Atem von Blumen und Gräsern, der über Wiesen, Moor und Heide schwebt; die Stimmen des Insektenvolkes, die wie ein elfenzartes Orchester auch dann noch in der heißen Stille wahrnehmbar schwirrt, wenn wir meinen, keinen Laut mehr zu vernehmen; — die hundertfach abgestuften Lebens- und Liebesrufe der Vögel. Der Gefahr, sich im Banne solcher Wunderempfängnis im rein Phantastischen zu verlieren, ist der Künstler durch unablässig ernste Studien vor der Natur ausgewichen. Enge Berührung mit der Erde war jederzeit die Basis von Otto Modersohns Kunst und ist es geblieben; aber er hatte Flügel, die ihn über die Erde hinaustrugen.

Sehr verschieden von dieser Art ist das Werk eines andern der Worpsweder: Fritz Overbecks. Der Unterschied zwischen beiden Künstlern, an und für sich eine Selbstverständlichkeit, tritt nicht auf einen allerersten Blick hervor, weil sie in Reagierung auf das Motiv und im Erfassen seiner Farbprobleme in ihren Bildern dem Beschauer als Verwandte anmuten. Aber Welten von Empfindungsverschiedenheiten liegen zwischen ihnen. Bei Otto Modersohn ist das Primäre die Malerei Dichtung. Verbildlichung eines Traumes, der in der Landschaft seine Form findet und in diesem Sinn ein Sicherheben über das Objekt der Natur; bei Fritz Overbeck ist es das Eindringen in ihre tiefste, verborgenste Eigenart auf dem Wege einer zu strengster Sachlichkeit gebändigten Subjektivität. Die Dinge bei ihm haben in sich selbst genug; sie wollen in einer Art von zurückhaltender Schweigsamkeit nichts Weiteres sagen, als was sie in Tat und Wahrheit sind. Nordisches Temperament spricht trotz der gesteigerten Farbe, die aber nicht wie aus Farbenfreude geboren erscheint, aus Overbecks Bildern. Fast scheint es zunächst, als hätte Stimmung an ihnen keinen Teil gehabt, insofern als wir Stimmung als etwas Flutendes, Schwebendes empfinden. Hier ist Festigkeit in der Auswirkung.

Äußerste Sammlung und leidenschaftliches Sichnichtgenugtun bis das Endgültige der Dinge gesagt wurde, gibt seinen Bildern den Charakter des Unbedingten.

Wundervoll sind die Lüfte, die dieser Maler malt; mächtig sich ballende Wolken über niedrigem Horizont: aber nicht ist bei ihnen der Eindruck einer aus ihnen selbst heraustreibenden Bewegung, der ihr eigentliches lebendiges Leben ist. Und auch noch, wo Sturm gemalt ist, ist es ein Sturm, der die Bäume wie in einem Krampf erstarren ließ, nachdem er ihren stärksten Bewegungsrhythmus herausgeholt hat; ein in erzene Formen gegossener Sturm.

Wie das Werk so der Mensch, der dahinter steht. Fritz Overbeck hatte echtes Bremer Blut: Tagenboren, — das ist, geboren und erzogen in der alten Hansestadt, aus deren Großkaufmannsfamilien er hervorging. Nicht mit äußerem Temperament und dramatisch gesteigerter Aktivität, sondern mit stiller, zäher Energie hatte der junge Gymnasiast es seinerzeit durchgesetzt, daß er Maler werden und die Düsseldorfer Akademie besuchen durfte. Dort wurde er im Jahre 1891 Zeuge der begeisterten Schilderungen, die Mackensen und Modersohn, die beide damals als Besucher in dem Kreise der früheren Studien- und Kunstgenossen anwesend waren, von den Schönheiten und Wundern der Worpsweder Natur entwarfen. Overbeck kannte das Dorf seiner näheren Heimat nur oberflächlich. Jetzt folgte er einer Einladung der beiden, er kam, und er blieb als einer der Worpsweder.

Ebenfalls ist es Mackensen gewesen, der die Verbindung zwischen Hans am Ende und Worpswede hergestellt hat. Als Kämpfer für ihre geliebten alten Meister, die die beiden, damals einander noch unbekannt, in einem Kreise verständnisloser Philister meinten verteidigen zu müssen, und beide mit der gleichen inbrünstigen Leidenschaft dabei vorgehend, hatten sie sich in Bayern kennengelernt. Mackensens Persönlichkeit, sein Skizzenbuch und seine begeisterten Schilderungen des malerischen Neulandes dort oben in der Nordwestecke Deutschlands taten es dem jungen Dietzschüler Hans am Ende an. Für ein paar Wochen hatte er nach Worpswede kommen wollen, — ein Lebensaufenthalt wurde daraus. Seine Verpflanzung war der Wendepunkt im Arbeiten des jungen Malers, an dem die eigentliche Kunst begann. Weniger geradlinig und geschlossen als der geistige Entwicklungsweg eines Mackensen, Modersohn, Overbeck hat der seinige sich durch die Jugendzeit gelenkt. Er ging durch Ströme und Einflüsse verschiedenster Art. Milieu und Tradition eines evangelischen Pfarrhauses und in weiterer Peripherie die Eindrücke, wie sie die Heimat seiner Kindheit, das Trier nach dem siebziger Kriege, zu geben hatte. Einseitiger Militarismus und durchscheinend die prachtvollen Bilder der uralten Stadt, die so viel Großes hatte kommen und wieder verschwinden sehen, daß sie dem Neuen gegenüber keine Illusionen mehr zu haben schien. Abgelöst wurde diese Umgebung des Knaben durch die Idylle eines thüringischen Dorfes und Landpfarrhauses, wo alles licht und freundlich war, und das Leben in Gestalt von vielerlei Blumen und Tieren sich herandrängte. Weiter ging es von dort in den Pflichtenkomplex des berühmten Gymnasiums und Internates Schulpforta hinein, der einen plötzlich aus einer freien Sommerhalde in einen hochgemauerten, kühlen Saal versetzte. Für jeden, der den Keim zur Kunst in sich trägt, ein Ort, gut, um eine zehrende Sehnsucht in sich groß zu ziehen. Eine Stelle, wo ein Altarbild hing, ein Christus mit den Aposteln, von Schadow gemalt, wurde der Platz, an welchem diese Sehnsucht des jungen Hans am Ende ruhiger atmete.

Dann, in den Studienjahren, nach dem Entschluß, Maler werden zu wollen, setzen Zeiten ein, in denen er sich neben seinen eigentlichen zweckdienlichen Arbeiten mit allem Großen und Schönen des Geisteslebens füllt, wo Musik und Bücher ihm Lebensinhalt werden. Und endlich, nach schematisch verlaufenden Lernjahren in der Malerei Worpswede und damit das Wurzelfassen im Boden eigensten Wesens.

Hans am Ende mußte zunächst mancherlei abtun, damit seine Wurzeln frei würden. Alle die feinen geistigen und künstlerischen Reize, die er während der Münchner Jahre auf sich hatte wirken lassen, mußten absterben in einer Umgebung, in der Natur ihre mächtige Sprache redete und sonst nichts. Dieser junge Künstler, dessen feingeschliffene geistige Oberfläche so besonders gut für das Auffangen einer Vielfältigkeit von Eindrücken geeignet war, hatte, was ihm schwerer als andern fallen mußte, den Weg einer unbedingten Konzentration seiner Kräfte zu gehen. Zunächst sind es die Radierungen gewesen, die seine endgültige Künstlerpersönlichkeit profilierten. Auf der Münchener Ausstellung der Worpsweder war er mit ein paar großen Blättern vertreten, Originalradierungen, darunter eine, die er nach dem bekannten Gemälde „Das Grab Hannibals" von Eugen Bracht gestochen hatte. Wegen der Bemeisterung des Technischen fanden sie höchste Anerkennung. Aber auch von der Eigenart seines Naturschauens, die den späteren Arbeiten des Künstlers, Gemälden, Zeichnungen, Radierungen, den dauernden Wert verleihen, trat hier schon Bedeutsames in Erscheinung. In Hans am Endes Auffassung von Landschaft und Mensch wirkt eine weiblich zarte Seele, die den Dingen mit einer zärtlich liebevollen Einfühlung nachgespürt hat.

Heinrich Vogeler war, als er nach Worpswede kam, auf eine gewisse Weise bereits ein Fertiger. Nicht in dem Sinn, daß er, der viele Reisen gemacht und viel von der Welt in sich aufgenommen hatte, in seiner Entwicklung schon zu einem Ende gekommen wäre. Das Typische seines künstlerischen Wesens war vielmehr, daß alles, was etwas Abschließendes, etwas Endgültiges bedeutet, überhaupt nicht in Zusammenhang mit ihm gebracht werden konnte. Er war im Leben wie in der Kunst der Jüngling; sah mit Augen um sich, von denen man niemals sagen konnte, ob sie nach innen in eigene Träume und Phantasien hineinblickten oder bis an die fernsten Grenzen der Welt und darüber hinaus. Mancherlei war in des jungen Heinrich Vogelers Art, was gewöhnlicher Betrachtung unvereinbar und wie ein dauerndes Werdenwollen erschien. Mondäne Eleganz, Hingegebensein an Reiten, an Tanzen und daneben abseitiges Träumen und Dichten. Walter von der Vogelweides Gedichte und des Knaben Wunderhorn trug er in der Tasche mit sich herum, lebte in ihren Liedern und sang viele der alten Weisen zur Musik seiner Gitarre. Dieses Nach-viel-Seiten-hin-Blühen jedoch war nicht Unfertigkeit, sondern hatte früh schon eine rundgespannte Linie um sich gezogen, und klarer als bei den allermeisten Künstlerpersönlichkeiten ist in Heinrich Vogelers Entwicklung ein Nietzschewort Wahrheit geworden; er „wurde, der er war. Sein Werden und Wachsen, das ganz im Unbegrenzten sich zu vollziehen schien, war das Erfüllen eines Kreises, zu dessen äußersten Peripherien er sich allmählich ausdehnte. Sein Künstlertraum umspannte Vergangenheit und Zukunft. Als er die Worpsweder Landschaft in sich aufnahm, war es ihm weniger um ihr eigenes Selbst und ihre Wirklichkeit zu tun, als um seine Träume; sie wurde unter seinen Händen zu der Musik, die er aus einem poetischen Motiv entwickelte. Wer will sagen, wo in der Konzeption die Grenzen zwischen dem einen und dem andern sind?

Da gibt Heinrich Vogeler ein Stück verschneites Worpswede und die Weisen aus dem Morgenlande, drei mittelalterlich deutsche Männer, kommen gewandert und lassen sich von einem Bauernkinde die Wegrichtung zeigen. Wintermärchen heißt das Bild. Ein anderes: Heimkehr. Selige Fülle der Sommerlandschaft und herausgewachsen aus ihr der

Ritter und die Frau in enger Umschlingung. Und wieder blühende Wald- und Buschwildnis und die schleierhafte Erscheinung des Märchens, das dem Ritter begegnet.
Am liebsten aber hat Heinrich Vogeler in seinen Bildern und Radierungen vom Frühling erzählt, von dem Leben der einzelnen Blumen, die für ihn auch mehr Märchengeschöpfe als Wirklichkeit sind, von den zarten, verschleierten Birken, den hohen Lüften und den leise und sehnsüchtig träumenden Mädchen. Das ist der Worpsweder Frühling, der soviel Licht und Klang hat und einen so rührenden Ausdruck von Begnadetsein.

Mit den fünf Malern: Fritz Mackensen, Otto Modersohn, Fritz Overbeck, Hans am Ende, Heinrich Vogeler ist eine Worpsweder Kunst in die Welt gekommen; es ist damals die schöne Zeit einer ersten Liebe und der leidenschaftlichen Hingabe an eine neue große Gottesoffenbarung gewesen, die sie in der Landschaft gefunden hatten.

Gegen Ende der neunziger Jahre, ist aus Ferientagen, die sie aus ihren Berliner Kunststudien heraus nach dem heimatlichen Bremen geführt hatten, zum ersten Male, angelockt von dem Ruf seiner Maler, Paula Becker, die spätere Paula Modersohn nach Worpswede gekommen. Sie hatte äußerlich stille Art, war wenig mitteilsamer Natur, und wie sie damals was in ihr war noch nicht in Linie und Farbe geben konnte, legte sie es in kleinen Tagebuchaufzeichnungen nieder und auch wohl einmal in einem Brief an ihre Nächsten. Es wurden ein paar Sommermonate eines überschwenglichen Nehmens, das die Seele der jungen Malerin bis zum Rande füllte. Ich bin glücklich! — und: Leben! Leben! jubelt es als Grundton aus jener Zeit hervor.
Ein Jahr später übersiedelt sie für die Dauer. Worpswede war es, wo ihr künstlerisches und ihr menschliches Schicksal sich die langen festen

Entwicklungsfäden wob. Das Künstlerische, äußerlich sehr einfach und still, eingespannt zwischen Schauen und Gestalten des Geschauten und übersonnt von einer wundervollen seelischen Fülle und ruhigen Heiterkeit. Noch kann sie den Schatz, den ihr die Natur in dieser Landschaft, in diesen Menschen zuträgt, nicht, wie es ihr vorschwebt, mit Pinsel und Farben heben; da kommen ihr, wenn die Brust zu enge wird, rührend schöne kleine Gedichte in ihre Tagebuchblätter hinein.
Eines davon lautet:

>Schnee und Mondgeschimmer . . .
>Schlanke Bäume schreiben
>Zitternd, ahnend, suchend
>Hin das Abbild ihrer Seele
>Auf das weiße Winterlaken,
>Legen fromm ihr holdes Wesen
>Nieder auf den keuschen Boden . . .
>Wann kommt mir der Tag,
>Daß in Demut einen Schatten
>Hin auf reinen keuschen Boden
>Ich kann werfen . . .
>Einen Schatten meiner Seele.

Ein paar Monate in Paris werden wohl angewendet; der Zauber der Stadt fällt auf Schritt und Tritt, manchmal wie ein Jubel und manchmal wie eine Schwermut, in ihr Gemüt. Zwischen dem bunten Gewirr von Eindrücken geht still ihr ernster Arbeitsweg.
Die Verlobung mit Otto Modersohn bringt alle Romantik im Wesen Paulas zu überschwenglicher Blüte. Es war zunächst Heimlichkeit am Werk, mit kleinen Briefen, die unter einem bestimmten Stein in der Wiese verborgen niedergelegt und von dem andern abgeholt werden mußten, und mit minutenflüchtigem Zueinanderkommen in irgendeiner Einsamkeit der Heide, während der Herbststurm neben ihnen an Bäumen und Büschen zerrte . . . Dann kommt das bürgerliche Leben mit seinen Forderungen; Worpswede muß mit Berlin vertauscht werden, Arbeit in der Kunst mit Vorbereitungen auf den Ehestand, die Kochschule und

Einkäufe heißen. Ihren Läuterungsprozeß nennt es Paula und nimmt ihn guten Mutes auf sich, das Kochen sowohl wie das Denkenmüssen an des künftigen Lebens Notdurft. Sie lebt diesen Dingen gegenüber in dem heiteren Bewußtsein, ihnen durchaus beherrschend gegenüberzustehen. In ihren Briefen an Otto Modersohn erzählt sie davon: einen schönen Spiegel hat sie schon gekauft, aber nun hat sie wieder ein Stücklein in den Haushalt gefunden, wieder einen Spiegel, und wieder ganz aus Glas, aber diesmal ist er klein. So schön sei er, daß sie nicht widerstehen konnte und nächtlicherweise ihn bei einer höchst originellen alten Judenfrau eingehandelt habe. Die hat auch noch ein graues Glastablett mit Karaffe und zwei Trinkgläsern mit türkisblauen Punkten darauf und Gold. „Das ist auch wunderbar und muß auch unser werden." Und dann noch das Hochzeitskleid. Und dann bin ich ungefähr fertig. So schreibt sie.

Sechs Jahre Eheleben an der Seite Otto Modersohns folgten, in denen sie auf Höhen großen Glückes der Zweisamkeit geführt wurde; und danach in schwerste Konflikte und Kämpfe, die aus dem Problem: Menschentum und Kunst hervorgingen. Paula Modersohn kämpfte, sie schlug wehen Herzens Wunden und empfing Wunden; aber sie blieb im tiefsten Sinne des Wortes Siegerin. Ein Kind durfte sie, wie sie oft es sich gewünscht, dem Gatten noch zur Welt bringen, dann nahm schnell und heiter, wie aus einem Fest, sie der Tod hinweg; einunddreißigjährig. Aber wie sie geschwunden war, begann ihr Werk nach außen zu wachsen, die Mauern ihres Ateliers sprengend; und wie licht und eindrucksvoll auch ihre Persönlichkeit in alle ihr nahen Kreise hineingestrahlt hatte, jetzt trat sie in Schatten zurück vor ihrer Künstlerschaft. Immer klarer wurde von Jahr zu Jahr, daß diese Frau sich in unüberbrückbare Einsamkeiten ihres Innern zurückziehen mußte, weil ihr auch darin wie in allem andern die Bestimmung der Großen des Geisteslebens gesetzt war.

Paula Modersohn gehört zu Worpswede, aber in einem bedingten Sinn. Nicht in dem, daß von hier, aus einer bestimmten Künstlergemeinschaft heraus, sie sich entfaltet hätte, Halt und Anregung im Höherwachsen von ihr empfangend. Viel dankte sie den ersten Korrekturen von Fritz Mackensen und seinem pädagogischen Ernst. Aber schon der erste Pariser Aufenthalt hatte ihr Distanz gegeben und eine Erkenntnis des eigenen Wollens, daß sie die Dinge von vorher anders sehen mußte. „Die Art, wie Mackensen die Leute hier auffaßt," schreibt sie nach ihrer Rückkehr, „ist mir nicht groß genug; zu genrehaft. Wer es könnte, müßte sie mit Runenschrift schreiben . . . ." Sie hatte Jahre gegenseitiger Anregung und Förderung mit Otto Modersohn gehabt, seine künstlerische Art aus tiefem Meinen bewundert, seine Anregung als höchstes Werturteil empfangen; aber ihr Wachstum ging neue Richtungen; es nahm neue Dimensionen an, und mit denen blieb sie allein. Immer war sie eine Ringende, deren Dämon sie einem fernen Ziel entgegentrieb; unaufhaltsam, aber niemals atemlos. Manchmal sind große Augenblicke vorausahnender Sicherheit da.

Im Jahre 1906 geht Paula Modersohn — zum vierten Male — wieder nach Paris. Diesmal war es eine Flucht aus Worpswede und Worpsweder Verhältnissen. „Ich konnte es nicht mehr aushalten und werde es auch wohl niemals wieder aushalten können", schreibt sie davon, „es war mir alles zu eng und nicht das und immer weniger das, was ich brauchte." Eine menschlich leidvolle Entwicklung, die keine Macht der Welt in diesem Augenblick zu hemmen oder abzubiegen vermocht hätte: die letzte Befreiung zur Kunst. In diesem Jahr war es nicht nur die inbrünstig geliebte und ersehnte Arbeit, die sie in Paris erwartete, es harrte ihrer höchste Steigerung ihres Künstlertums durch den Eintritt des Bildhauers Bernhard Hoetger in ihr Leben. Seine Arbeiten, der Austausch mit ihm brachte ihr nie gekannte Bereicherungen, seine Bewertung ihrer eigenen Arbeiten hoben sie, bei der Unbedingnis, mit

der sie seine Größe sah, in die demütig selige Gewißheit empor, daß auch sie zu einer leuchtenden Flamme berufen sei. „Ich werde etwas — ich verlebe die intensiv glücklichste Zeit meines Lebens. Bete für mich .." schreibt sie der Schwester in jener Zeit.
Paula Modersohns Beten und Paula Modersohns Frommsein! Ihre Einstellung auf ihre Kunst war die Einstellung der Frommen aller Zeiten auf Gott, als das einzige, was nottut, und ihr Sinn war erfüllt mit den ihr als Familienerbe überkommenen köstlich reichen Bibelworten. So bricht in ihren Aufzeichnungen, wo sie ihr Erleben und Arbeiten streifen, es immer wieder aus ihr hervor; einmal: „Schaffe in mir Gott ein reines Herz" . . ., und ein anderes Mal: „Komm Heiliger Geist, zeuch bei mir ein..." Und so schreibt sie in einem Brief an Hermann Hoetger, in dem sie sich über ihre künstlerische Entwicklung ausspricht: „Man kann nur immer und immer wieder bitten: „lieber Gott, mach mich fromm, daß ich in den Himmel komm!"
Als Paula Modersohn nach ihrem letzten Pariser Aufenthalt nach Worpswede zurückging, war sie so weit, daß ihr die Einsamkeit, die ihrer dort harrte, nicht mehr viel auszumachen vermochte, denn sie war ihrem Himmel sehr nahe gekommen. Sie konnte jetzt verschmerzen, daß, abgesehen von ihrem Gatten, nicht einer der Maler dort je den Weg in ihr Atelier gefunden oder ernsthaft Notiz von ihrer Kunst genommen hatte, und konnte vielmehr noch heiter darüber hinweggehen, daß Verkaufen und Publikum Dinge waren, die sie nur erst dem Namen nach kannte. Mit einer fast demütigen Freude erwähnt sie einmal in ihren letzten Aufzeichnungen, daß eine Dame ein Bild von ihr erhandelt — es blieb ihr erster und einziger Verkauf — und hundert Mark dafür gezahlt habe.
Nach dem Tode der Künstlerin standen die urteilsfähigen Maler Worpswedes vor ihren Bildern, benommen und ergriffen von der Größe und Bedeutung eines Werkes, das unter ihnen in die Höhe gewachsen war,

ohne daß sie eine Ahnung davon gehabt hatten. Heinrich Vogeler vor allem war es, dem ihre Kunst zu tiefstem Erlebnis, das bis zum heutigen Tage mit ihm gegangen ist, wurde. Und nicht ein Einmaliges war diese Entdeckung, — mit jedem Jahre schien der Schatz größer zu werden. In den Großstädten sprach man wie von etwas Geheimnisvollen davon, daß oben im Norden in der Entlegenheit des Heidedorfes Worpswede etwas ganz Besonderes zu finden sei: das unerhört starke malerische Lebenswerk einer jung gestorbenen Frau. Es kamen die Sachverständigen, die Fachleute, die Kenner, die Liebhaber; sie gaben ihre Eindrücke überall hin weiter, holten die Bilder in das große öffentliche Kunstleben hinein, in Ausstellungen und Salons. Da war es wieder so, daß Worpswede in der Malerei um seiner Kunst willen laut und weithin klingend genannt wurde. Dieses Mal ging es um Paula Modersohn. Hätte sie es erlebt, würde sie heute noch es erleben, die Berühmtheit, die mit ihrem langen Gefolge von hohen schönen und niedrigen unschönen Dingen hinter ihrem Namen geht, — sie hätte nichts anderes dafür, als das mit einem gelassenen Lächeln beziehungsvoll gesprochene Wort: — Ja, die Welt! dieses Wort, mit dem schon in dem jungen Mädchen das tiefe Verstehen für alle Menschlichkeit zum Ausdruck kam.
Eng gebunden ist der Name Paula Modersohn an Worpswede; es wird notwendig sein, sich Art und Wesen dieser Bindung klarzumachen. Eine Worpsweder Kunst war vorhanden, als die junge Paula hinauszog, eine Kunst, die sie damals sehr hoch sah, und der sich an irgendeiner Stelle einzugliedern ihr, die künstlerisch fast noch unbeschriebenes Blatt war, verlockend sein mußte. Aber schnell wuchs sie unmittelbar tief hinein in die Landschaft und ihre Menschen, tiefer als irgendein anderer je vor ihr. Die Dinge hörten auf, ein Material für sie zu sein, in dem ihr Erleben sich ausdrücken mußte, — wobei es denn denkbar wäre, daß dieses Erleben sich auch an einer andern Stelle entzünden könnte. Hier war es wie ein Zusammenwachsen mit den Urkräften des Bodens

selbst. Sie gingen in ihr Schauen und Fassen ein, weil sie, die Schauende, nicht auf ihrem Wege stehengeblieben war, bis ihr von ihnen das Letzte und Tiefste offenbart wurde. Was Paula Modersohn in ihrem malerischen Werke gegeben hat, ist an keiner Stelle nur Sinnen- oder Stimmungsausdruck; ist ein Stück Naturkraft selbst. Ihre Gestalten stehen wie Einmalige in der Welt; jede, so wie sie ist, auch die kleinen Kinder, auch die Gegenstände ihrer Stilleben bei aller strengen Betonung des individuell Charakteristischen nur einmal möglich in der Erscheinungsflut des Weltalls; hineinwachsend damit in die Ewigkeit und Unendlichkeit. Es ist unersprießlich, zu fragen, wie und ob Paula Modersohns künstlerische Entwicklung einer andern Landschaft, einer andern Menschenart gegenüber sich in gleicher Genialität entwickelt und weiterentwickelt haben würde: ihr Werk war rund und voll, als der Tod leise ihre Hand von ihm fortzog.

Mit dem neuen Jahrhundert wurde Worpswede Besitz der Allgemeinheit. Die Menschen kamen, aus der Nähe zuerst und dann aus immer ferneren Fernen, und die Landschaft hörte auf, sich im künstlerischen Erlebnis zu begrenzen, sie wurde Natur- und Stimmungserlebnis. Die Wege wurden näher, die in Worpswedes Entlegenheit führten, weil so viele waren, die sie beglückt gingen. Sie kamen, um den ersten tiefen Atemzügen, mit denen die Natur zu neuem Leben erwacht, zu lauschen; zu sehen, wie aus den Wasserflächen überschwemmter Wiesen das Land wieder herauswuchs, als hätte Gottes Stimme ein neues „Es sammle sich das Wasser an besondere Örter" darüber gesprochen; um auf dem Weyerberg zu stehen und in der Unendlichkeit des Raumes über sich mit den Blicken die Lerchen zu suchen, deren Jubel die Luft füllt.

Kamen wieder unter dem leidenschaftlich brennenden Blau des Sommerhimmels, wenn der Fluß ein silbernes Band und die Torfkanäle in braunem Topas schimmernde blanke Straßen sind; wenn die kleinen, auf flinken zierlichen Füßen durch Moor und Heide laufenden Sandwege schneeweiß gebleicht dem Wanderer voranleuchten, und wenn in der zitternd über allem Land lagernden Hitze das Summen der Bienen wie eine in tausend elfenfeinen Harmonien singende Luft schwingt. So ist Worpswedes Sommer. Er geht in dem Farbenrausch der blühenden Heide und dem Akkord leuchtend gelber und roter Bäume und tiefem erntegesättigtem Grün unter. Das ist das vorletzte Gesicht des Jahres: gesammelte Kraft, Tat gewordenes Blühen und Reifen. Das letzte, das winterliche, ist ein Märchengesicht: alles plane Land zu endlosen Wasser- oder Eisflächen geworden, die von jedem kleinsten Sonnenstrahl opalisiert werden; schimmernde Breiten von zartem Rosa und Blau; manchmal ein aufgeregtes Gelb dazwischen hineinfahrend.

Und dann aber ist da noch das eigentliche Farbenwunder Worpswedes; es ist in jeder Jahreszeit lebendig und an jedem Abend, der nicht ganz in Wolken eingehüllt ist, neu. Wenn die Bahn der Sonne sich hinter den Horizont gesenkt hat, zieht ein Schattengrau über die Landschaft, wie sich Todesschatten über ein eben noch lebendes Gesicht legen; es bereitet die Auferstehung des Lichtes vor. Sie hat keinen bestimmten Ausgangspunkt. Es ist, als ob der unendliche Himmelsraum aus sich selbst heraus dieses Leuchten gebären müßte, das in unerhörten Lichtekstasen die Erde ergreift; jedes Ding wird von ihm in einen Tanz von Schein und Farbe hineingezogen, in ein immer brünstigeres Vibrato, eine immer leidenschaftlichere Steigerung. Dann kühlere Töne im Äther und langsames Verlöschen. Aber die Dinge, das Land, seine Häuser, Bäume, Menschen, leuchten von innen heraus noch eine lange Weile fort, als könnten sie ihrer Lichterregung nicht Herr werden.

Seit die Menschen es gefunden hatten, gab es kein einsames, verschlafenes Worpswede mehr, und wenn von seinen Malern gesprochen wurde, meinte man damit auch nicht mehr nur seine fünf Entdecker. Schon mit dem Ende des Jahrhunderts war der Ort ein Ziel für Maler und Malerinnen aus allen Teilen Deutschlands geworden, denen die Bilder jener ersten fünf Anregung zugetragen hatten. Auch der pädagogische Ruf Fritz Mackensens übte mit der Zeit starke Anregung aus. Viele kamen, wenige blieben. Das allermeiste der künstlerischen Ernte, was aus dieser Invasion von Auchmalern und -malerinnen hervorging, blieb Oberfläche. Die Wirkungskraft des Gegenständlichen im Motiv wurde als etwas Gegebenes fertig übernommen; oftmals auch nicht einmal aus erster Hand, sondern aus irgendeiner künstlerischen Verarbeitung. Es war die Auswechslung eines Schatzes in kleiner Münze, Kanäle und Birken, das Moor und strohgedeckte Häuser, überschwemmte Wiesen und blühende Heide, bäurische Männer und Frauen und blondköpfige Kinder, — sie alle wurden zu Requisiten, mit denen bei einigem Geschick eine Wirkung, ja Stimmung zu erzielen war. In flachem, breitem Strom mündete das malerische Werk dieser Zufallsworpsweder in den niederen Kunstmarkt und in weiterer Entwicklung in die deutsche Ansichtskartenindustrie ein.

Neben diesen Erscheinungen gab es einen kleinen Kreis, der die gute Tradition eines gesunden Realismus der ersten Worpsweder weiterführte, Maler, die Jahr um Jahr in hingebungsvoller Arbeit der Natur ein Stück ihres Wesens abzwangen. Sie sind als Individualitäten künstlerisch an keinem andern Ort der Welt zu Hause als in Worpswede. Zu tiefst verwachsen mit der Natur, die ihm als Bremer überdies Heimatseindrücke gibt, ist Walther Bertelsmann; und wurzelechter Worpsweder im Sinne erster Tradition ist neben ihm und dem tüchtigen Karl Krummacher auch der in sehr selbstständiger Naturauffassung sich gebende, stimmungsreiche Udo Peters. Auch die Malerin Emmy Meyer ist an dieser Stelle in den Organismus der Worpsweder Kunst einzugliedern. Das starke malerische Werk des unlängst verstorbenen Carl Vinnen, der als häufig Zureisender kam, hat nur insoweit mit Worpswede Verbindung, als dieser Künstler in den Hauptperioden seines Schaffens ganz und gar von der Natur der nordwestdeutschen Küstenstriche befruchtet wurde.

Wie die Jahre gingen, zersprengte das Schicksal den Stamm der ersten fünf Worpsweder Maler. Fritz Overbeck war — schwerer Verlust an Erfülltsein und Hoffnung in der Kunst — im Jahre 1909 körperlichem Leiden erlegen, nachdem er vier Jahre vorher Worpswede verlassen hatte. Zu seinen letzten Werken hatte er sich die Anregungen von der Nordseeküste und aus dem Hochgebirge geholt. Otto Modersohn übersiedelte nach dem in nachbarlich reizvoller Ebene gelegenen Fischerhude; Fritz Mackensen, der Senior der Worpsweder Malerschaft, folgte einem Ruf nach Weimar als Leiter der dortigen Kunstakademie. Sein großes, herrlich am Weyerberg über den Hammewiesen gelegenes Haus beherbergte ihn immer nur wenige Sommermonate. Hans am Ende war, fliehend vor klimatischen Widrigkeiten, lange Spannen Zeit abwesend und starb im Kriege den Heldentod für das Vaterland.

Ganz und gar bleibend, immer tiefer zusammenwachsend mit Land und Leuten und immer neue Schößlinge aus sich heraustreibend, war in allem Wechsel und Wandel allein Heinrich Vogeler. Nur vorübergehende Reisen, die größte davon führte ihn studienhalber nach Ceylon, unterbrachen die Stetigkeit seines Worpsweder Arbeitslebens. Innerhalb desselben aber gingen starke Wandlungen vor sich: die Grenzen des künstlerisch Individualistischen weiteten sich; unmerklich zunächst und dann plötzlich fest dastehend und Frucht tragend, wuchs eine Kolonie in die Höhe, die ihre erste Nährkraft von ihm empfangen hatte. Immer lebhafter hatte die Graphik und im weiteren Umkreis des Gebietes, die Buchkunst, einen Teil seines künstlerischen Schaffens

hingenommen; nur ein Schritt war es da zum Kunstgewerbe im Allgemeinen. Die Dinge lagen damals, im Anfang des Jahrhunderts, überall in der Luft, Kunstwerkstätten wuchsen allenthalben in Deutschland empor; Sehnsucht nach Sammlung fernab der bunten Eindrucksfülle lauten Lebens in den Städten war es, die die junge Generation auf das Land trieb. Rückkehr zu den einfachen Bedingnissen der Kultur und Abkehr von den verwirrten Forderungen der Zivilisation.
Wie zehn Jahre zuvor der Münchner Ausstellungssaal der jungen Maler alle Aufmerksamkeit nach Worpswede zog, so waren es jetzt die Erzeugnisse der Worpsweder Kunstwerkstätten, die als bedeutsamer Sonderausdruck in den Erscheinungen der Kunst im Handwerk jener Tage hervortraten. Heinrich Vogeler war Seele dieses Betriebes; als schöpferische Kraft und starker Anreger wirkte neben ihm eine Zeitlang die temperamentvolle Persönlichkeit Ludwig Tapperts. Was in der Stille gearbeitet wurde, fand in der vorbildlich geschmackvoll aufgemachten Kunst- und Kunstgewerbeausstellung von Franz Vogeler, der sich im Lauf der Zeit die sehr bemerkenswerte Ausstellung Seekamp mit ähnlichen Zielen anschloß, würdige Rahmen.
Die neuen Unternehmungen zogen neue Menschen nach Worpswede. Ein Besuch dort gehörte jetzt hinein in das Programm der den deutschen Nordwesten Bereisenden; wurde beliebtes Ziel für Bremer Ausflüge. Man fing an, sich darauf zu besinnen, daß die Kleinbahn, die den Zureisenden eine knappe Meile von Worpswede entfernt auf einer Wiese absetzte, wohl ein sehr idyllischer, aber kein durchaus rationeller Zugang zu dem Ort sei, und man zwang ein neues Bähnchen von einer andern Seite her, beim Orte haltzumachen. Diese Veränderung brachte Worpswede viel Leben und neue Aufgaben; es mußte gebaut werden, und die Künstler bauten. Immer, von Anfang an, hatten die Maler es sich angelegen sein lassen, auch auf diesem Gebiet bis zu einem gewissen Grade kunsterzieherisch einzuwirken, den Leuten die

Augen zu öffnen für den Schatz ihrer alten niedersächsischen Häuser und sie zu beraten, wo es galt, Umbauten und Neubauten vorzunehmen, um solcherart das unvergleichlich reizvolle architektonische Bild des Dorfes auf der Höhe zu erhalten. Neben Heinrich Vogeler war es der junge Alfred Schulze, der auf diesem Gebiet eine glückliche Weiterentwicklung Worpswedes wesentlich beeinflußt hat und noch beeinflußt. Immer ausgesprochener hatten sich während dieser Jahre Heinrich Vogeler und sein Barkenhof entwickelt. Aus dem Urgrundstück und der kleinen Hütte seiner ersten Jahre hat er ihn Stück um Stück aufgebaut und erweitert; immer neue Gebiete des hügeligen Geländes rundum, Wiesen, Wald, Schluchten, Wasser, wurden angegliedert. Das Wachsen des Hauses und seiner Umgebung ging Hand in Hand mit seines Besitzers Blühen und Reifen, ein Abbild ihrer gebend. Es war Wiege und Pflegstätte seiner Kunst. Alle Intimität seines Naturschauens scheint aus dem kleinen Stückchen Erdreich befruchtet worden zu sein, das Zauberkräfte in sich frei macht und mitteilt, weil man zu ihm sagt: mein Garten! weil man ihn kennt in allen feinsten Schwingungen, mit denen er dem Segen der Elemente dankbar begegnet und ihren Härten mutig sich entgegenstellt; weil man Tag und Nacht in ihm lebt, zu Einheit mit ihm verwachsend.

Heinrich Vogeler malte den ersten Frühlingstraum der Blütenbäume und der schmalen Birken; malte das Sommerglück der kleinen Blumen, die tief im Grase eingebettet sind, und der andern, die stolz und froh auf Beeten sich nach allen Seiten wenden; malte das Licht, das in zarten Akkorden über die weißen Wände des Hauses zieht.

Das Haus wuchs; und als Heinrich Vogelers letzter Stil sich entwickelt hatte, stand es, innen und außen vollkommenster Ausdruck seines damaligen Selbst, da: Ausdruck der Freude an einer Romantik alles Schönen, Anmutigen, Behaglichen; daneben ein Zug, diese Dinge zum feierlich Festlichen zu steigern; man fühlt ihnen an, daß bei ihrer Bildung die Hingabe an sie ein Andachtsgefühl vor ihren reizendsten Möglichkeiten entzündet hat. Es war jene Zeit, aus der auch die rhythmisch dekorativ höchst bedeutende Neugestaltung der Güldenkammer des Bremer Rathauses, die ihm übertragen war, hervorgegangen ist.

Dann 1914. Krieg. Heinrich Vogeler ging hinaus; war im Osten und Südosten. Kam in Urlaub und lag lange Stunden in seinem Garten. Ein Ausgetauschter. Seine Hände rissen das Gras, während er von den Schrecken und Abscheulichkeiten des Krieges erzählte; wenn er von seinen Eindrücken und Erlebnissen hinter der Front und in der Etappe sprach, schüttelte ihn der Ekel. Das aber waren nur jeweils Augenblicke. Was ihn erfüllte, was wie ein fetzender Pflug die harmonischen Linien seiner Persönlichkeit zerriß, alles Seiende und Bestandenhabende in ihm vernichtend, war: dieses schauerliche Elend, Krieg genannt, muß ein Ende haben. Nicht nur für die Deutschen, nein, für die Menschheit. Wieder ging er hinaus, und wieder und wieder kam er zurück; ruhiger geworden, fast gelassen. Das Träumen war jetzt fortgezogen aus seinen Augen, sie blickten, als sähen sie einen festen, harten Weg vor sich. Äußerlich war alles ein pflichtumgrenztes Mitmachen im Erfüllen kriegsgegebener Aufgaben; innerlich alles Auflehnung, Wende, Neugeburt:
Als der feindschaftsschwangere Friede von Brest-Litowsk geschehen war, brach die Tat aus. Heinrich Vogeler schrieb spontan im Jahre 1918 einen Brief an den Kaiser (der später während der Revolution in einem Flugblatt veröffentlicht wurde). Er, der Märchenmaler, griff auch jetzt, wo es galt, eine furchtbare Sache, die für ihn um Leben und Tod gehen konnte, zu sagen, noch auf die alte spielende Romantik zurück. Er gab

seine Anklagen als Märchen. Aber dieses Mal war es ein grausiges. So war sein Wortlaut:

DAS MÄRCHEN VOM LIEBEN GOTT.
Brief eines Unteroffiziers an den Kaiser im Januar 1918, als Protest gegen den Frieden von Brest-Litowsk.

Schon lange, als das Jahr 1917 dem Ende zuging, sah man in Deutschland überall die seltsamsten Erscheinungen am Himmel und unter den Menschen. Das Merkwürdige aber war, daß am Spätnachmittag des 24. Dezember auf dem Potsdamer Platz in Berlin von vielen Menschen der liebe Gott gesehen worden ist. Ein alter, trauriger Mann verteilte Flugblätter. Oben stand:

Friede auf Erden und den Menschen ein Wohlgefallen,

und darunter in lapidarer Schrift die zehn Gebote. Der Mann wurde von Schutzleuten aufgegriffen, vom Oberkommando der Marken wegen Landesverrat standrechtlich erschossen. Einige Aufnehmer des Flugblattes, die die Worte des alten Mannes verteidigten, kamen ins Irrenhaus.

Gott war tot.

Ein paar Tage darauf waren unsere großen Feldherren nach Berlin gekommen mit der festen Absicht, durch Wort und Tat die Welt von Elend und Blut zu erlösen. So kamen sie mit den Vertretern der Friedenskonferenz zusammen. Sie kamen überein, die Welt mit dem Schwerte in der Hand vor sich in die Knie zu zwingen, erhoben sich selber zum bluttriefenden Götzen, aus dessen selbstherrlicher Hand die Menschheit ihre Gesetze empfangen sollte. Da sahen sie plötzlich, wie der totgeglaubte Mann vom Potsdamer Platz mitten unter ihnen stand und stumm auf seine zehn Gebote wies. Aber niemand wollte die ärmliche Erscheinung kennen. Da gab er sich zu erkennen und war fast seines Triumphes froh, denn er glaubte ja an die Menschheit. Der Kaiser und die Feldherren führten seinen Namen in den Telegrammen, die Krieger trugen ihn auf dem Bauche, die Feldprediger hatten die schwersten Verbrechen der Menschheit durch seinen Namen geheiligt. Da aber sah Gott, daß man ihn gar nicht kennen wollte, daß man von ihm sich nur eine prunkende Form, eine Uniform behalten hatte, und aus der glotzte das goldene Kalb und beherrschte die Welt.

Da verließ Gott die Friedensversammlung und machte den ordenbesternten Götzen Platz, denn Gott will nicht siegen,

Gott ist.

Die Götzen aber führten das Volk immer tiefer ins Elend und erweckten Haß, Bitternis, Zerstörung, Tod, und wie sie nichts mehr hatten außer blechernen Schmucksternen und Kreuzen, verschenkten sie das gestohlene Gut ihren Völkern. Da ging Gott zu denen, die zusammengebrochen waren unter der Bürde der Leiden, unter Haß und

Lüge: „Es gibt über euren Götzen einen Gott, es gibt über eurem Fahneneid meine ewigen Gesetze. Es gibt über eurem Haß die

Liebe."

Da gaben die Krüppel ihre blutstinkenden grauen Kleider, ihre Orden und Ehrenzeichen zurück an den Gott des Mammons, gingen unter das Volk und entheiligten die Mordwaffen und vernichteten sie. Gott aber ging zum Kaiser: „Du bist Sklave des Scheins. Werde Herr des Lichtes, indem du der Wahrheit dienst und die Lüge erkennst. Vernichte die Grenzen, sei der Menschheit Führer. Erkenne die Eitelkeit des Wirkens. Sei Friedensfürst, setze an die Stelle des Wortes die Tat, Demut an die Stelle der Siegereitelkeit, Wahrheit anstatt Lüge, Aufbau anstatt Zerstörung. In die Knie vor der Liebe Gottes, sei Erlöser, habe die Kraft des Dienens,

Kaiser!

Die Entgegnung die diesem idealistischen Wahnsinn ward, war glimpflich: Heinrich Vogeler kam zur Beobachtung seines Geisteszustandes in eine Anstalt und wurde, als seine völlige Gesundheit und Zurechnungsfähigkeit sich herausgestellt hatte, aus der Armee entlassen. Er kehrte nach Worpswede zurück; sein Ziel war klar vor ihm.

In der Revolution, die wenige Monate später ausbrach, wurde er zu Aktivität gerissen: er, der Lebenskünstler feinsten Stoffes, wurde Revolutionär. Wie ein Rausch seliger Gesichte mußte ihn der Umsturz alles Bestehenden, in dem er bei seiner Einstellung zu den gewesenen Dingen nur Reinigung und Erlösung sehen konnte, ergreifen. Aus jedem seiner Worte und auch noch aus dem verklärten Leuchten seines Auges klang damals das Prophetenwort heraus: Sehet, das Himmelreich ist nahe herbeigekommen! ... Daß es dabei nicht ohne ein vorangehendes Fegefeuer abgehen könne, war ihm klare Naturnotwendigkeit. Begeistert nannte er sich Kommunist. Sein Kommunismus aber war rein individualistisch, empfing Art und Grenze aus seiner eigensten Persönlichkeit; der politisch orientierte und organisierte Kommunismus wußte so wenig mit ihm anzufangen, daß er ihn als Schädling empfand. Niemals konnte Fühlung und Führung von Heinrich Vogeler aus zu den Massen groß werden, denn das A und O seiner Forderungen war im letzten Grunde doch immer nur wieder religiöser Natur: Erneuerung des eigenen in Selbstsucht und Härte erstarrten Seins. Das ist während der Revolution so wenig als je zuvor ein populäres Thema gewesen. Macht Euch frei von äußerem Besitz! werdet besitzlos! rief Heinrich Vogeler unermüdlich in die Welt hinein, und baute dann mit Worten und Sätzen, denen jede agitatorische Wucht und jede überzeugende Folgerichtigkeit der Tatsachen fehlte, Worten, deren tiefe Eindruckskraft nur immer von der Reinheit und Leidenschaft des Redenden kam, das neue Reich auf: ein Menschenreich, in dem es nicht Klassen und nicht Parteien gebe, sondern Arbeit und Genügen für jeden und Frieden und Liebe. Revolution hieß für Heinrich Vogeler der freiwillige Zusammenschluß der Menschen zur Verwirklichung dieses Ideales mit dem Ziel neuer Gesellschaftsform.

Der Friedensdrang der vom Kriege Zermürbten schien ihm ein fertig bereites Feld zu sein, auf dem diese schöne Zukunftssaat aufgehen könne. In den ersten Monaten der Revolution war der Barkenhof Durchgangsplatz für Scharen derer, die zu Tode müde von allem Gewesenen, Kraft neuen Anfanges aus dem Gedanken des ewigen Völkerfriedens und wirtschaftlichen Umsturzes zu gewinnen versuchten. Mit den Zügen deutscher Arbeiter trafen dort Truppen belgischer und russischer Gefangener auf dem Wege in ihre Heimat zusammen und der Geist einer internationalen Brüderschaft, der begeistert an die welterlösende Aufgabe der deutschen Revolution glaubte, löste helle Zukunftshoffnungen aus.

Während die Wogen der Zeit solcher Art hoch gingen, und jedes Erneuerungswort wie aus einem Rausch gekommen schien, um neuen Rausch zu wecken, kristallisierte sich in Heinrich Vogeler alle Leidenschaft zu einer Verwirklichung der Tat, die Besitzlosigkeit heißt. Er fegte seinen Barkenhof leer von allem, was in ihm mit der bürgerlich verwöhnten Lebenshaltung seiner Vorkriegsjahre Zusammenhang gehabt hatte; es blieben nicht viel mehr als die nackten Wände von ihm stehen; umgepflügtes Land für die neuen Arbeits- und Gesellschaftskeime, die hier in Form wachsen und sich ausprägen sollen. Es galt das Problem einer Arbeitsgemeinschaft, die sich aus sich selbst heraus zu erhalten und zu versorgen vermag. In der Durchführung blieb es bis dahin bei einem Anfang, der noch ziemlich entfernt von der Verwirklichung des Planes steht; immerhin aber wird hier ein Stück Zukunftsarbeit geleistet, die, auch wenn die Gegenwart ihr keinen Erfolg bringen wird und kann, ihre geistige Bedeutung behalten wird. Wer heute den Barkenhof wiederaufsucht, findet nur mehr Schatten des früheren; das wenigste von dem Neuen hat erst Gestalt gewonnen. Aller Reiz, alle frühere Romantik verwahrlost oder vernichtet. Dafür ist die Nutzbarmachung des Bodens für Gemüsekultur, soweit es das Gelände zuläßt, vorangeschritten, und rund um das Haus herum wird gebaut, gezimmert, geschmiedet, getischlert, alle Arbeit getan, die ein solcher Siedlungsbetrieb mit sich bringt. Drinnen gibt es nur das Allernotdürftigste an Nutzmöbeln. Es ist Heinrich Vogelers Idee, daß die neuen Lebensformen, die er anstrebt, erst die für ihre Gebrauchsgegenstände gemäße Form aus sich heraus setzen müssen und damit dem Künstler die zukunftsreich sich in das Weltganze einordnenden Aufgaben zuführen. Sein eigenes schaffendes Künstlertum, das in den ersten Perioden der Revolution ganz geschwiegen oder in Bildern einer allegorisierenden Gegenständlichkeit die Kriegs- und Aufruhrerlebnisse außer sich gesetzt hatte, bekam erste Anregung nach dieser Richtung hin durch die nackte Kahlheit des neuen Heims für seine Arbeitsgemeinschaft. Die Wände der großen Diele bedecken sich jetzt mit schön in freiem Zyklus dahinfließenden Gemälden seiner Hand, in denen er, Poet wie immer, das Lied der Menschheit im kosmischen Werden singt. Erschütternd unsinnig mutet dieser Entwicklung gegenüber auch heute noch die Tatsache an, daß im Krampf der Revolutionswochen in Bremen einmal in einer Nacht der stille Barkenhof von einer stahlbehelmten und mit Handgranaten ausgerüsteten Soldateska umzingelt wurde, die gekommen war, um den gefährlichen Heinrich Vogeler auszuheben.

Im ersten Sturm jener Tage geriet eine kleine Anzahl Worpsweder Künstler in politische Aktivität und dabei konnte es denn gar keine Frage sein, wo sie ihren Standplatz haben würden; selbstverständlich im linken Radikalismus. Damals ist das Bürgertum, hier das bremische Bürgertum, schwer enttäuscht gewesen von der Haltung einiger Persönlichkeiten dieses Künstlerkreises, und daß der begabte Curt Stoermer, in den Tagen der U.-S.-Regierung die Arbeiter gegen die Reichstruppen führte und daß Ludwig Bäumer im Rat der Volksbeauftragten eine leitende Stelle einnahm, ist in sein Gedächtnis als Erinnerungen an Verbrechen eingebrannt. Die in diesem Fall besondere Enttäuschung und Entrüstung des Bürgertums war von seinem eigenen Standpunkt aus begreiflich. Worpswede war ihm jederzeit ein beliebter Nachbarort gewesen; zugleich ein offenes Fenster, aus dem man gern von der sicher umfriedeten Warte seiner gut bürgerlichen Verhältnisse in ein Stück Leben hineinsah, das man zwar unbegreiflich, immerhin aber bunt und amüsant fand. Weltfremde Leute gingen da umher, benahmen sich wunderlich unpraktisch und stellten manchmal hübsche Sachen heraus, die man kaufen konnte, wenn einen die Lust ankam. Sie hatten undiskutable Ansichten, machten aber weiter keinen Gebrauch davon. Und nun plötzlich schlug ein Sturm durch dieses offene Fenster und trieb Flammen, und was harmlos gewesen war, erschien mit Gebärden von Todfeindschaft. Sehr allmählich erst hat Bremen diese Dinge so gewertet, wie sie gewertet werden

müssen; hat der historisch gewordenen Selbstverständlichkeit (die als letzter der Großen in der Kunst der junge Richard Wagner realisierte), — daß wo Kraft und Werden der Jugend beim Künstler ist, sein Temperament und seine Entscheidung in einer Revolution immer nur auf die Seite der Revolutionären fallen können, Rechnung getragen; eingedenk werdend dessen, daß nicht im Beharrenden, sondern in den Regionen ewigen Wandels die echten Wurzeln des Künstlers eingesenkt sind, und daß er das Meinen in seiner Natur hat, als wäre ihm, gerade ihm, gesetzt, ein Reich der Götter mit unbegrenzten Möglichkeiten in diese Welt des ewig Rationellen und der Kompromisse vom Himmel herunter zu reißen.
Wahrlich, es war kein Wunder, daß einige Worpsweder teilnahmen an der organisierten Revolution der Bremer Arbeiter, von denen sie, die in ganz besonderem Maße bedürftig an Gefährten und Führern aus den Kreisen der Intelligenz waren, fast mit Gewalt herangeholt wurden. Neben den oben Genannten trat eine andere Persönlichkeit, wenn auch weniger stark als jene die Oberfläche bewegend, intensiv in den Tagen der Revolution hervor: Carl Emil Uphoff. Er stand Abend für Abend auf dem Rednerpult vor der Menge, wo nicht nur Arbeiter, sondern viele Männer und Frauen, denen die wirtschaftliche und Machtseite der Revolution nicht die wesentliche war, seine Zuhörer und in lebhaften Diskussionen je nachdem seine Gegner oder Beipflichter waren. Uphoffs geistige Wesensart ist verhaltene Glut. Es ist als wären in diesem Menschen, der heute auf dem Gipfel des Mannesalters steht, Lavaströme lebendig gewesen, durch die seine Entwicklung hindurch mußte. Seine Leidenschaft zur Sache hat eine zunächst wie Kälte wirkende Beherrschtheit; sie ist erstarrtes Feuer. Und immer ist, jenes durchbrechend, bei ihm ein neues Feuer auf dem Wege. — Seine starke Aktivität wirkte sich nicht in Forderungen an die Stunde und unmögliche Möglichkeiten aus; sein

Blick spannt sich weit über das Nächstliegende hinaus im Schauen großer und unerbittlicher Gesetzmäßigkeit. Auch er zog sich zurück, ein Enttäuschter.
Rückblickend schrieb er über die Revolution:

> „Der Sehende weiß, daß die Novemberrevolution von 1918 das Gericht vollzogen hat. Sie schuf jene Leere, in die allein der schöpferische Geist das neue Leben, die lebendigen Grundlagen zu neuem Leben stellen kann. Sie schuf jene Leere, die alle, welche sich Führer nannten, auf die entscheidende Probe stellt.
> Sie haben die Probe nicht bestanden. An die Stelle der Leere ist das ungeistige, ungestaltete Chaos getreten, in dem die Kräfte und Urkräfte, die ungestalteten Mächte und die gestaltlos gewordenen Ohnmächte durcheinanderwühlen und gegeneinanderwüten. Und die, welche Führer waren, sind ratlose Herde geworden.
> Ihre entliehenen Gesetze finden niemanden mehr, der ihnen gehorcht, und ihre abgeleiteten Progamme niemanden, der sie anwenden kann.
> Sie sind gerichtet.
> Sie sind ihrem Volke falsche Propheten gewesen.
> Sie haben ihr Volk, das sie aus seinem Schoße erzeugte und emporhob, an ihren Machtdünkel und an ihre Führereitelkeit und an jene verraten, die ihrer Eitelkeit und ihrem Dünkel schmeichelten.
> Sie haben sich zu Popanzen der Schmeichler herabgewürdigt —, sich von ihnen mit billigem Ruhm und klingendem Gold bezahlen lassen.
> Sie haben um Judaslohn ihr Volk, den Geist und das Schöpfertum verraten. Darum werden ihre Worte und Werke der Menschheit, die neu heraufkommen wird, nichts gelten."

Jahre vorm Kriege schon war Uphoff in Worpswede, zog viele junge Künstler zu sich heraus und setzte sich mit der vollen Energie seines Wesens für die Jüngsten in der Malerei ein, deren Bilder er an den Wänden seines Hauses zu Ausstellungen sammelte, solcherart dem Beschauer ein umfassendes Kennenlernen ihrer Werke ermöglichend. Er selbst als Künstler ein Schaffender von starker Vielseitigkeit der Auswirkung. Hinter der Menge seiner Werke steht nicht Differenziertheit manueller Begabung, sondern Erregung eines eigenartigen Temperamentes, das, je nach dem Charakter dessen, was ihm Erlebnis wurde, sich in unterschiedlichem Material dazu stellen muß. So ist er Graphiker nicht weniger als Maler, als Bildhauer und Dichter. Und dann wieder muß er sich im Essay aussprechen. Carl Emil Uphoff hat als Einsamer gearbeitet, und seine Werke sind dabei hoch um ihn herangewachsen. Jetzt erst scheint die Zeit gekommen, wo sie in die große Welt hinausziehen und „Menschen fangen."

In den Künstlerfrieden Worpswedes, in die selbstverständliche latente Harmonie von Geistern, die sich im Raum nicht stoßen können, da ihr Element Raumlosigkeit ist, hatte die Revolution eine verheerende Bombe geworfen. Der Ort politisierte sich. Die Agressivität einiger linksradikaler Maler löste eine wohlorganisierte Bewegung Andersgerichteter aus. Der Künstler in solchem Behaben, der Künstler in einer politischen Partei ist Widersinn seiner selbst, ist Absurdität. Kein Wunder, daß alles, was aus politischem Geist heraus in Worpswede von hüben und drüben in letzten Jahren geschah, äußerst absurd war. Heute sind die ehemals so aufgeregt wallenden Wogen dem Verebben nahe. Das Leben ist aufgestanden; zu sich sammelnd, was zu ihm gehörte. Will man heute zusammenfassen: Worpswede, so schießt für den ersten Blick kaleidoskopähnlich eine Vielheit bunter krauser Erscheinungen in Form; nichts Festgefügtes: man hat das Empfinden, eine nächste Bewegung schüttelt das Bild zu neuem, vielleicht zu ganz entgegengesetztem Eindruck durcheinander. Aber die Bestandteile sind da und bleiben; vielerlei Bestandteile. Worpswede, das ist heute wie früher ein wundervoll unmittelbares Stück Natur, mit dem man jederzeit allein sein kann, ihre Offenbarung empfangend wie Theodor Storm sie empfangen hat: „Kein Hauch der aufgeregten Zeit drang noch in diese Einsamkeit," und dann wieder ist es eine Straße, auf der selbstherrliche Automobile die Kilometer verächtlich hinter sich werfen und plötzlich verwundert stoppen, weil das Ziel, das sie jetzt erreicht haben, gar nicht wie ein Ziel für Automobile aussieht. Worpswede ist: lange Wege, die durch die Landschaft gehen, begleitet von einem träumenden Kanal, von in Kraft schimmernden Birken; tief zurücktretend hinter ihnen die im Schatten ihrer alten Eichen verschwiegen blickenden Häuser. Wanderer auf diesen Wegen; einzelne, stille, deren Augen sich mit dem Bilderreichtum rings umher füllen; junge Gruppen, lachend, ein Lied auf den Lippen; andere — ganze Züge, — die nicht die Natur zum Ziel haben; sie wandern dem Barkenhof entgegen, dem Menschen Heinrich Vogeler und seinem Werk, suchen da ein Stück Zukunft und Helle, oder Ausblick in Zukunft wenigstens.

Worpswede sind die großen ahnenreichen alten Bauernhöfe, denen grüne Moospelze über die mächtigen braunen Strohdächer gewachsen sind, und die buckligen Hütten, die immer von einem Hauch blauen Torfrauches umschwebt sind. Und die Kirche ist es. Sie liegt breit und mütterlich wie eine Henne auf dem Weyerberg, umdrängt rings von Grabkreuzen. Ihre Fenster sind weitgeöffneten Augen gleich. Fern, bis beinahe zum Rande der Ebene muß sie blicken, wenn sie die zu ihr Gehörenden überschauen will, und den dünnen hellen Ton ihrer Glocke muß sie weit durch die Luft zu ihnen schicken. An jedem Sonn- und Festtag gehen die Leute zu ihr, die vom Dorf und die aus Moor und Heide; ziehen wie schwarze, unregelmäßige Ketten über die grünen Flächen zu ihren Füßen, bringen Blumen zu ihren Gräbern, stehen in stummen Gruppen beisammen und drängen sich, wenn das erste Anschlagen ihrer Glocke tönt, in die Türen. Fest und breit wie ihre Häuser stehen diese Menschen mit allen ihren Lebensäußerungen in der Landschaft; Abbilder eines Beharrens, das hier Verwurzeltsein mit dem mütterlichen Boden ist.

Worpswede ist Ringen des Bauern mit der Scholle und ist geistiges Ringen des Künstlers; ist niedersächsisches Bauerntum mit alten, ehrwürdigen

Bräuchen, mit Schranken und Engen, und ist Invasion der Großstadt in Spielarten jeder aufgeregten Zeitäußerung. Alles zusammen Geschlossenheit, Organismus. Dessen eigentlicher Grundzug ist auch heute: Arbeit. Sie ist es, die Leben und Landschaftsbild beherrscht; nicht der genießerische Müßiggang der Fremden, die ab und zu gehen.
Der Begriff Künstlerkolonie ist in Worpswede nur mehr im allerbedingtestem Sinne aufrechtzuhalten. Die Ausstellungen und alle Eindrücke sonstiger geistiger Äußerungen machen klar: keine innerliche Gemeinsamkeit hat sich hier um ein Stück Natur gedrängt oder ist von ihr erzeugt worden; kein Bedürfnis wechselseitiger Befruchtung oder Steigerung spielt eine Rolle im Schaffen dieser Generation von heute. Auch kommt kein Betonen einer bestimmten, dem Landcharakter bewußt angepaßten Lebensform an irgendeiner Stelle als Auffälligkeit zum Ausdruck. Es ist gesunder Instinkt, der hinter dieser Vereinzelung einer geistigen Vielheit und Gesamtheit steht; wo er nicht ist, sind Gefahren am Wege, die um so bedrohlicher auftreten, als sie zunächst in der Maske von Förderungen gehen. Paula Modersohn erkannte, jung wie sie war und begabt mit echt fraulicher Feinfühligkeit den Lebensdingen gegenüber, diese Gefahr bereits in der Gemeinschaftsfreudigkeit der ersten Worpsweder Jahre; erkannte auch die psychischen Schwierigkeiten des Verkehrverhältnisses von Künstler zu Künstler und die bedenklichen Hemmungen, die überall da erwachsen, wo das Dasein — nicht als täglich neu erwachendes Eigenleben, sondern in festgelegter Form abseitig gemacht wird.
Leben und Schaffen der Worpsweder Künstler gibt heute dem Beschauer einen Eindruck, als seien sie wie durch Zufälligkeit mit dieser Erdenstelle in Berührung gekommen. Nur ganz vereinzelt ist es, daß die Landschaft als unmittelbare Erregerin des Kunstwerkes, als Gegenstand und Motiv bei ihnen hervortritt. Schiestl-Arding hat in einigen seiner Bilder ihr einen neuen leidenschaftlichen Atem gegeben und in Rummler-Siuchninskis Gemälden sind ihre besonderen Stimmungen spürbar. Aller

andern Werk ist lokal durchaus indifferent. Fritz Uphoff ringt in den vier Wänden seines Ateliers um letzte malerische Lösungen dem lebenden Modell und dem Stilleben gegenüber, und der junge Walter Müller trägt in seine farbig stilisierten Auffassungen nur einzelne märchenhaft verschleierte Züge der Natur hinein. In neuem, intellektuell betontem Schauen steht ihr Hilde Hamann gegenüber.
Sehr starke Note hat unter den „Jungen" Karl Jakob Hirsch. Worpswede ist nicht so sehr der Boden als die Luft, die der Blüte und Reifung seiner Werkekeime dient; sein Auffassen ist historisch-mythisch bestimmt, tief verankert im Musikalischen. Otto Tügel ist interessante Mischung von Urwüchsigkeit und Dekadenz, die eine Hälfte ihres Wesens künstlerisch nur in Worpswede zu entspannen vermag. Georg Kolmar, von Hause aus Bremer, empfängt unmittelbar aus der Natur Anregungen und Gesichte, die in seinen farbig leidenschaftlichen Gebilden nach Gestalt ringen.
Wollte jemand nach dem Bindenden fragen, das es sinnvoll macht, von Worpswede als von einer Einheit seiner Künstler, die über den Zufall eines An-ein-und-demselben-Ort-Wohnens hinausgeht, zu sprechen, so wäre als greifbarster Zug die Arbeit zu nennen. Es ist heute starke Intensität in ihr am Werk und bei aller individuellen Abgeschlossenheit ein fruchtbares Streben, mit ihren Ergebnissen zu einer Gemeinschaft und zum Anschluß an die Forderungen der Zeit zu kommen. Dazu Ehrfurcht vor dem Handwerk und Aneignung seiner, sobald die Kunst es bedarf. Sehr unauffällig zunächst, jetzt aber mit ihren Leistungen bereits kräftig in die Weite wachsend, haben die letzten Jahre einige Werkgemeinschaften in Worpswede gezeitigt: die Künstlerpresse von Paul Müller, die Stechpresse von Carl Emil und Fritz Uphoff, auch die Hollanderpresse für Herstellung farbig gemusterter Handpapiere; sie sind aus individuellem Bedürfnis hervorgewachsen, ziehen aber weitere Ringe für die Bedürfnisse eines Kreises von Arbeitenden.

Eine andere Bindung der Heutigen, die dazu berechtigt, von einem Worpswede in der Kunst zu sprechen, ist spiritueller Art; ist fast nur Ahnung; man könnte sie eine bewußte Entwicklung aus der Materie in den Geist nennen. Die Erde, die Landschaft Worpswede war es, die seine ersten Künstler in ihrem Schaffen anregte und begeisterte. Mit beiden Füßen standen jene auf dem Boden, der ihnen alles zutrug, und an den sie Gedanken und Hand anlegten; sie vermochten zu sagen: hier und hier und dieses und jenes ist es. Heute finden die jungen Künstler keinen vollen Ausdruck für ein räumlich begrenztes Worpswede: sie tasten gleichsam an ihm herum. Es ist nichts Bestimmtes, was man fassen und nennen könnte; es ist unbegreifbar; als Letztes: beglückende Erfüllung einer Sehnsucht, die keinen Namen haben kann. Vielleicht ist es Worpswedes Innerlichstes, seine Musik, die sich der Generation von heute mit ihrer Abkehr von den Auswirkungen des Sinnfälligen erst ganz offenbart: die Harmonie seiner schweren Erdhaftigkeit und der Unendlichkeit seiner Lüfte. Gemeinsamkeit in gleicher Empfindung eines Hohen und Höchsten — diese einzig ihres Namens werte Gemeinschaft, ist in dem neuen Worpswede nicht weniger zu finden als in dem alten mit seinen einfacheren, geschlosseneren Menschen und Verhältnissen.

Worpswedes stärkste Persönlichkeit, die dem Namen heute weitest tragenden Klang gibt, steht außerhalb jeder Gemeinsamkeit: Bernhard Hoetger. Sein Werk gehört seit Jahren zu den großen Kunstakzenten; die Eigenart seiner Erscheinung ist dynamisch stark gespannte Linie, die Vergangenheit umschlingend sich in Zukunft streckt.
Hoetgers Leben: das Leben eines Künstlers dauernden Wachsens; in den ersten Entwicklungsphasen ein Ringen aus hartem Boden heraus, um in die Höhe zu kommen. Niederdeutscher, Westfale auch er, und damit unbeugsam im Wesenskern. Des Knaben Arbeiten begann in

einer handwerklichen Bildhauerwerkstatt. Eine lange harte Lehrzeit dort; dann kommt ein Stück Wanderleben als Geselle mit dem äußerlichen Erfolg, daß er, Zwanzigjähriger damals, die Leitung einer Fabrik für christliche Kunst in die Hand bekommt. Jahre platten Betriebes, die aber Muße für eigenes Studieren und architektonische und kunstgewerbliche Entwürfe ließen. Dann ein paar Semester auf der Düsseldorfer Akademie und folgend Paris. Eine kurze Kunstreise, in Gemeinschaft mit den Studiengenossen ausgeführt, hatte es werden sollen, aber Hoetger und sein Freund blieben dort. Bald nur mehr er allein, der Freund hielt dem Hungerleben, das nun begann, nicht lange stand. Verhältnismäßig schnell kam hier für den jungen Bildhauer der große Erfolg, aber ein Anwurzeln in Paris wurde es nicht. Es kam zu keinem Ruhepunkt und keinem Zusammenwachsen mit der Umgebung; seine impressionistischen Werke, die in Kunstkreisen ihm den Namen gemacht hatten, waren schnell Vergangenheit für ihn geworden; mit seinen neuen Gedanken aber mußte er ein Fremder sich fühlen an einer Stelle, die geistig von Rodins Erscheinung beherrscht wurde.

Also zurück nach Deutschland. Kurzes Wohnen auf einem westfälischen Landsitz und in Fischerhude; dazwischen besonderen künstlerischen Aufgaben dienende längere Aufenthalte in Paris, Florenz, Darmstadt. Dann, kurz vor Kriegsbeginn Übersiedlung nach Worpswede.

Einer an ihn gerichteten Frage, was es gewesen sei, das ihn gerade nach Worpswede zog, entgegnete Hoetger mit Nennung des Namens: Paula Modersohn. Und fuhr fort: es wurde mir mit den Jahren immer klarer, daß eine Landschaft, in deren Luft eine Kunst, wie die der Paula Modersohn groß werden konnte, auch für mein Schaffen die rechte Atmosphäre sein müsse.

Bernhard Hoetger ist in seinem Vorgefühl nicht getäuscht worden: Worpswede ist ihm Heimat geworden in jenem für den Künstler wesentlichen Sinn, daß ihm die Sonderheit der Natur zu einer tiefen innerlichen Zweisamkeit wurde. Ein nennenswerter innerer oder äußerer Zusammenhang zwischen Hoetger und den Worpsweder Künstlern besteht nicht; der Wille zum Alleinsein, der sich auch noch von Arbeitsphasen unabhängig macht, in denen man zuzeiten weit auf die Märkte des Lebens hinausgestoßen wird, tritt immer beherrschender in ihm hervor. Er baute sich in Worpswede den „Brunnenhof", eine monumental gesteigerte Wohn- und Werkstätte mit einem Garten, der wie ein Wirklichkeit gewordenes Gedicht der Frühromantiker, mit Kunstwerken und stilisierten Baum- und Heckengebilden wie Verzauberung tief in die Heidewildnis hinein einschneidet; ließ, kaum daß es beendigt war, das höchst anspruchsvolle Werk weit hinter sich, um fern draußen in Heide und Kiefernforst ein anderes Haus zu bauen, das seinen Kunst- und Lebenswillen unmittelbarer ihm verwirklicht. Das neue Haus ist Gestalt gewordener Traum eines Baukünstlers, der sich in Formen ausdrückt, welche herausgewachsen sind aus der Urart von Natur und Mensch in dieser Landschaft.

Hoetgers Einsamkeit. Das Wort bedarf der Erläuterung: einsam, — ja, aber alles andere als im Sinne eines Esoterikers. Als ein Einsamer ist Hoetger den Weg in der Kunst gegangen vom ersten Tage an bis heute; sein Wollen war nicht einzugliedern in eine jeweilige künstlerische Richtung oder Mode. Als er nach Paris kam, hieß die Forderung der Zeit: Rodin und Impressionismus; sein Weg ging eine kurze Weile mit ihr, dann trieb ihn sein eigenes Ziel, das monumentale Form war, in anderer Richtung weiter. Und wo man diesen Bildner auch meinte mit seinem Wesen und Wollen einfangen zu können in eine Gruppe, immer wurde schnell klar, daß niemals ein Endgültiges, ein Stil ihn hatte, sondern daß er in seiner Entwickelung nur einmal hier und dort dieses außer ihm Seiende streifte, weil es seiner Sehnsucht nach letztem Ausdruck in der Form entgegenzukommen schien. So war es mit der Frühgotik, so mit der Kunst des Ostens. Niemals sind die Stilwandlungen, die in das

Werk Hoetgers einschneiden, mit Gesichtspunkten des Geschmacks oder irgendwelchem rein ästhetischen Hinblicke zu identifizieren. Das leidenschaftliche Suchen dieses Künstlers ist es, das sich in ihnen auswirkt. Was Hoetger zu sagen hat in der Kunst, geht nicht um die Exklusivität eines Geistigen und Ästhetischen, will auch nicht seine Resonanz im Zeitgemäßen, im Ich und Du haben; es breitet weite Flügel einer Sehnsucht, die eine Linie spannt, die die Menschheit umschlingen möchte und ausdrücken, was Widerhall im einzelnen als Teil dieser Ganzheit hat. Deshalb bei ihm die Abkehr von allem einseitigen Betonen von Zeit, Ort und Rassen, er gestaltet diese Züge — nicht so, daß sie typisierend abgrenzend sind, sondern fließend und auflösend; nicht um durch ein besonderes Nahesein in wenigen anzuklingen, sondern um alle zu erfassen. Aber auch in realerem Sinne wirkt in Hoetgers Schaffen überall der Gedanke der Weites bindenden Gemeinschaft hinter dem Kunsterlebnis. Große Plastiken, die auf feierlichen Plätzen Sammlung und steigernde Stille in das profane laute Leben der Menge tragen und die Lösung einer Aufgabe wie die geplante „Tet"-Stadt in Hannover, die Anlage größter Dimensionen für eine Siedlung von Fabrikgebäuden und Industriearbeiterwohnungen, wurden aus diesem Gedanken, einem seelischen Gedanken, heraus geboren.
Die Revolution, näher bezeichnet, das Stück der Revolution, das in dem Evangelium einer neuen weltumfassenden Menschenliebe ihren geistigsittlichen Kern hatte, erregte Hoetgers Anteilnahme für eine kurze Spanne Zeit. Dann ging er wieder den einsamen Weg seiner Sondererlebnisse und Gesichte. Eine Gruppe von erschütternder Eindruckskraft, Meisterwerk einer aus der Masse zu letzter Geschlossenheit herausentwickelten Plastik, ist unvergängliches Zeugnis der Intensität seiner damaligen Erschütterungen; hat in sich zusammengeballt, was in Krieg und Revolution unerbittliches Gesetz in Vernichtung und Neuwerden ist. Mutter und Sohn in ihrem tiefsten Symbolismus: Erde und Leben.

Jugend als des Lebens Lebendigstes. In den Gesichtszügen der Frau Versteinerung eines Schmerzes, eines Grauens, das zur Größe der Medusa gesteigert ist; im Blick aber nicht leere Hoffnungslosigkeit, sondern Anfang eines Schauens, dem sich der heilige Sinn aller Schmerzen offenbart hat. Sie hält in ihren Armen den knabenhaften toten Sohn: es ist wie ein Hineinziehen zu sich als zu seinem Ursprung, Eingehen in die Ewigkeit als Keim neuen Zukunftslebens. Jammervoll die elende Gestalt dieses Knaben, auf dem Antlitz leuchtend aber Geist der Überwindung; nirgends ist Geste des Siegers, nur eine stille, ganz unpathetische Genugtuung liegt in der Haltung des zurückgefallenen, nach aufwärts gerichteten Hauptes. Ewiges Mysterium von Werden und Vergehen, von Geburt und Tod; leidenschaftlich dramatisches Gegenstück zu jener andern Gruppe Hoetgers, der im Tode beglückt zurücksinkenden jungen Mutter, die einem Kinde das Leben gab. Beide Denkmäler haben ihren Platz an Gräbern gefunden. Wie bei jener die Erschütterung des Revolutionserlebnisses, so hat bei dieser Gruppe die Erschütterung des Todes von Paula Modersohn hinter dem Schaffen des Künstlers gewirkt. An ihrem Grabe auf dem Worpsweder Friedhof steht sie, als an dem einzig ihrer würdigen Platz. Aber auch die Gruppe „Mutter und Sohn" hat eine Bestimmung als Denkmal bekommen; Künstler, die sie in Hoetgers Atelier sahen, gaben ihr den Namen Revolutionsdenkmal. Heute hat sie, in mächtigen Größenverhältnissen gesteigert, zu Häupten der Gräber der in der Revolution gefallenen Arbeiter in Bremen Aufstellung gefunden. Ein anderes Denkmal des Künstlers wird demnächst, Wahrzeichen weitgespannter Umgebung, eine vorgeschobene Spitze des Weyerberges krönen. In die Entwicklung dieses Denkmals hat der Zusammenbruch hineingeschnitten. Damals als in einer Phase des großen Krieges Siegeswille und Siegesbewußtsein unser Volk wie im Banne eines Rausches hielt, sprang spontan der Plan auf, dem Dank und Gedächtnis für unsere tapferen Kriegshelden in einem Siegerdenkmal an dieser Stelle Ausdruck zu geben. Er wurde schnell zur Tat, und die Ausführung wurde in Bernhard Hoetgers Hände gelegt. Das Gerippe eines Denkmals, architektonisch plastisch aus dem im Norden bodenständigen roten Ziegelstein aufgebaut, wuchs in die Höhe und stand fertig da, als das furchtbare Kriegsende hereinbrach. In den folgenden Jahren, die von der Revolution ihr Gepräge empfingen, war das Denkmalsfeld mit dem unentwickelt unfertig gebliebenen Kunstwerk, das es trug, wie eine Stätte der Zertrümmerung, die ungewollt einem ganzen Zeitgeschehen Ausdruck leihen mußte. Stimmen wurden laut, Pläne gingen um: sollte man den Bau, soweit er stand, wieder abtragen? die Stelle dem Erdboden gleichmachen? Das wäre Ausdruck eines Willens gewesen, der sich nicht höher zu erheben vermochte als zu dem matten Entschluß, daß alles wieder so werden müsse wie es vor dem Krieg und Zusammenbruch gewesen war.

Aber dann kam neue Tat: aktiver Wille eines Künstlers und einer Volksgemeinschaft brausten zusammen in dem leidenschaftlichen Bekennen: nicht Vergangenheit, sondern Zukunft! und es darf nicht sein, daß diese Stelle, die einmal Sammlung und ernste Feier hinausscheinen sollte, jetzt wieder Alltag wird! Dahinterstehend ein anderes tiefinnerliches Bekenntnis: eine Zeit des Zusammenbruchs ist nicht weniger bedeutungsvoll und nicht weniger ihres Denkmals wert, als eine Zeit sieghafter Steigerungen und äußerlichen Glückes. Denn ihr göttlicher Sinn ist: Sammlung und Läuterung aller Kräfte zu neuem, reinerem Aufbau. Kein Kriegerdenkmal mehr in engerem Sinne sollte es jetzt sein — obwohl das Heldentum der gefallenen Söhne unseres Volkes immer edelster Grundstein des neuen Aufbaues sein und darin in alle Zukunft sein unvergängliches Denkmal haben wird, — sondern ein Symbol für unsere Zerschmetterung und unser Wiederaufstehen, für unsern Tod und unser Leben.

Bernhard Hoetgers Denkmal auf dem Weyerberg steht in diesem Zeichen. Sein Sinn beschränkt sich nicht auf Worpswede und seine nähere Umgebung; geradesowenig wie der Platz, auf dem es steht, der westliche

Vorsprung des Weyerberges, es tut. Der geht himmelweit über seine eigenen Grenzen hinaus; rundum breiten sich Heide, Wiesen, Wasser, Gehölze und Ansiedlungen der Menschen bis zur unabsehbar mit dem Horizont zusammenfließenden Ferne; das Auge trinkt den Raum nicht aus, die Seele spannt sich im Weltgefühl.

Es ist Aufgabe voll höchsten Anspruches, in diese Dimensionen von Stimmung ein Kunstwerk hineinzusetzen, das sich nicht nur eingliedert, sondern Zentrum wird, wie es mit Bernhard Hoetgers Neuschöpfung geschah. Unmittelbar aus abfallender Hügelkuppe wächst es heraus, gleichsam herausgestoßen aus ihr, und in engstem organischen Zusammenhang mit den rhythmischen Bewegungslinien des Geländes. Der Urgeist der Architektur hat dem Konzeptionserlebnis des Künstlers die Wege gewiesen. Die Möglichkeit einer Symbolisierung der Idee in schöner Menschengestalt konnte nicht in Frage kommen in einer Umgebung, die von der Unendlichkeit ihrer Horizonte und Lüfte ringsum und von der Fülle der ungebrochenen Sonnenstrahlen alles Leben empfängt. Bei Hoetgers Denkmal wird die Sonne selbst es sein, die an der Wirkung des architektonischen Bildwerkes mitarbeitet: die wechselnde Richtung und Kraft ihrer Strahlen werden das scharf geschnittene, dramatisch bewegte Spiel seiner Formen betonen und vertiefen. Seine Eindruckskraft ist weder aus Gegenständlichem, noch aus rein verstandesmäßigen Gesichtspunkten zu deuten; sie resultiert aus dem unmittelbar an das naive Gefühl sich wendenden Ausdruck der Form an sich. In ihr kommt bei Hoetger Bindung im Germanischen zum Ausdruck; nicht in einem Übernommenhaben oder auch nur in einer Andeutung typischer Vergangenheitsbilder, sondern durch Neuschöpfung. In dem Trotz der eckig kubischen Gestaltungen und Überschneidungen, im Fehlen von allem, was weicher Linienschwung ist. Ein Ausdruck ist Form geworden, wie ihn Helme, Schilde, Altäre und Hausbekrönungen unserer Vorväter hatten; durchklingen fühlt man auch Charakteristisches der germanischen wortdichterischen Sprache, den Akzent der Alliteration. Das trotzige „Dennoch" im Geiste, das immer Deutschlands bestes Teil gewesen ist.

Von der Künstlerkolonie Worpswede sollte in diesen Blättern die Rede sein, von dem, was die einzelnen Persönlichkeiten zu Gemeinschaft zusammenfaßt. Heute, wo man den Weg von dreißig Jahren hinter sich hat, kommt der Zweifel: ist überhaupt im Zusammenhang mit den Worpsweder Künstlern dieser Zeit von einer Kolonie zu sprechen?... Alles was bei ihnen lebendig ist, ist Verneinung ihrer Voraussetzung, und alles, was sie ausmacht, ist nicht da; nicht Führerschaft und Nachfolge, nicht Art und Stil, die erkennbar auf gleiches Streben und gleiches Milieu hinzuweisen vermöchten. Aber ein immer Wiederkehrendes ist auf der ganzen Linie: Wille und Ernst zur Arbeit! und noch ein anderes, aus dem in den verschiedenen Entwickelungsstufen von Worpswedes Kunst immer wieder die neue Lebenskraft in den Organismus übergegangen ist; für sie gibt es nur das eine Wort, das Revolution heißt.
Revolutionäre waren sie alle, die an Worpswedes Bedeutung und an seinem Namen in der Kunst mitgebaut haben. Was anders waren jene ersten fünf Maler, als Revolutionäre der Farbe und Aufrührerische gegen ein damals schwerfällig gewordenes Beharren in einer bestimmten Art übernommenen Naturschauens? Ihre Mission war erfüllt, als sie ihre neue Art herausgestellt hatten.
Revolutionierend über die Jahre hin hat die Kunst der still in sich zurückgezogenen Paula Modersohn gewirkt, und Auflehnung gegen Bestehendes, Verbrauchtes war bei den Erscheinungen, die Höhepunkte im Worpsweder Kunstgewerbe bedeuteten.
Die politische Revolution 1918, von deren großer Gebärde und schwungvoller Idee die Künstler hingerissen wurden wie sie vier Jahre zuvor von dem Kriegsausbruch hingerissen worden waren, hat keine unmittel-

baren Auswirkungen in der Kunst. — sieht man von der Erscheinung Heinrich Vogelers ab — gezeitigt. Aber sehr stark wurde in ihr ein Bewußtsein groß, daß man in Kultur und Gesellschaftsleben auf einem Trümmerfeld stand, und ein leidenschaftlicher Wille, aus neuem Sinn heraus neu aufzubauen.

Als letztes stellt sich für die Vielheiten und Einzelheiten der Worpsweder Kunsterscheinungen ein Unbedingtes als Bindung dar: Worpswede selbst. Der Geist seiner Natur. Er geht wie eine Welle durch jeden einzelnen hindurch, so daß er, auf neuem Boden stehend, sprechen kann: Wir. Die Landschaft ist es, die zu sich zieht, und wen sie zieht und wen sie hält, und wer zu tiefst sie erfaßt, dessen Ich ist ihres Geistes und damit eines Geistes mit dem Du neben ihm.

Diese Landschaft Worpswede mit ihrer feierlich ruhigen Dynamik der Linie und mit der großen Weite ihrer Luft, die Auge und Seele so schnell über alles Endliche hinaus zur Unendlichkeit tragen.

RPSWEDER GEISTES·L

CARL HAUPTMANN

AUFZEICHNUNGEN AUS EINEM TAGEBUCH

Worpswede 1899

Ein drolliger Knecht, der mit mir im Wagen nach Worpswede zu fuhr. Alle Antworten leitete er, so phlegmatisch wie er so sprach, mit einem staunenden Ausruf ein. So z. B.: Ich: „Wo gehen Sie hin?"

Knecht: „O o je! — nach Hoppstedt."

Ich: „Ist das noch weit?"

Knecht: „O o o, noch zwei gute Stunden."

Ich: „Wo kommen Sie denn her?"

Knecht: „O o je! — ich habe zwei Peerd nach — .. gebracht." etc.

Diese Ausrufe gaben eine so seltsame Charakteristik, daß mir zum ersten Male das Märchen von der dummen Liese recht begreiflich wurde, die aus dem Staunen gar nicht heraus — nur aus Angstgedanken in Angstgedanken — und nie zur Tat kommt: „O o je!"

„Zur Gitarre zu singen." Heinrich Vogeler sang es an der gemeinsamen Ausfahrt auf der Hamme, nach dem ländlichen Mahl in der Hammehütte, wo des fischerbärtigen Wirtes Augen im Lampenschein spitz funkelten, zur Gitarre. Der Wirt saß am Tisch obenan. Die Wirtin stand im Hintergrunde. Zwei betrunkene Gendarme wurden brüderlich. Westhof in Weiß, ihre Freundin, die kleine rote Malerin auch, auch Frau am Ende. Der Anblick war farbig bezaubernd, als sie im Boot standen, im kühlen Abendblaulicht, auch symbolistisch, wie alle drei in der gleichen Haltung, bemüht die glühenden Ballons auf einer Leine zu befestigen, sich gegen die fernen ebenen, gründunkel glühenden Weiden abhoben. Modersohns waren nicht dabei: Schmerz für mich.

Und nun kommt das Voglersche Lied aus einem Buch aus 1822 von Therese Meine mit eigener Hand geschrieben. Ein menschlich-typisches Lied, sieht aus wie Vogelers Häuschen:

> Namen nennen Dich nicht,
> Dich bilden Griffel und Pinsel
> Sterblicher Künstler nicht nach.
>
> Lieder singen Dich nicht,
> Sie alle enden wie Nachhall
> Fernester Zeiten von Dir.
>
> Wäre des Herzens Empfindung
> Nur hörbar — jeder Gedanke
> Wäre ein Hymnnis von Dir.
>
> Wie Du lebest und bist
> So trug ich einzig im Herzen,
> Holde Geliebte, Dein Bild.
>
> Lieben kann ich Dich nur,
> Doch Lieder, wie ich Dich liebe,
> Spar ich für jene Welt auf.

den 16. VII. 99

Am Morgen traf ich Modersohn, der zum Atelier eilte. Ich war im Begriff, ihn zu einem Spaziergang abzuholen, und er war gern bereit. M. ist ein großer Naturfreund. Schlicht und innerlich, wie sein großes Blauauge hinter der Doppelbrille wirkt, ist sein ganzes Wesen. Er kennt viel in seiner Welt. Er meinte: „Wenn man so sitzt und malt, man fühlt doch noch die ganze übrige Schönheit um sich herum. O manchmal ist mir's schon passiert, da interessierte mich irgendein Insekt oder ein Vogel so, da hab ich Studie Studie sein lassen, und habe nicht geruht, bis ich wußte, was ich vor mir hatte." Er zeigte mir gleich im Straßenstaube am Rande des Ährenfeldes eine Raubfliege, die eine Stubenfliege aussog. „Die sitzen immer am Wege, wie Straßenräuber. In den Wiesen findet man sie nie. Auch wenn man sie aufstört, da halten sie ihre Beute und lassen sich in nächster Nähe wieder schwerfällig in den Staub." Die drei — vier roten Pferde im Morgenlicht und die Herde bunten Viehs (Beester, wie man hier sagt) freuten ihn, und er rühmte die

Landschaft besonders im Herbst. An einem der tiefschwarzen Moorgräben, im Schatten von Eichen und allerhand Gebüsch, standen Kähne, ein merkwürdig träumerisches, verschlafenes Bild. Er erinnerte an Studien und beschrieb einige mit besonders frohem Tone und meinte dann: „Nun ist man zehn Jahre hier, und gemalt hat das noch kein Mensch. Das Beste und Schönste ist noch immer nicht gemalt." — Vor einer von hohen Eichen umragten üppigen Waldwiese, die im hohen Grase zarte Lichtnelken trug, standen wir lange und lauschten dem unsäglichen Durcheinander von allerhand Vogelstimmen. Pirol, Grasmücke, Kuckuck, Finken, Schmelzer, wie es schien auch eine Nachtigall, alles im Schatten und Laubwerk eifrig durcheinander. An den Moorgräben schwammen in der Luft tiefdunkelblaue Libellen. In den Moorgräben zeigte mir Modersohn einige mir unbekannte Blumen, wie die Wasserfeder, eine weiße, langstenglige Blüte mit einem Wirtel federiger Blätter im Wassergrunde, Hotonia palustris, das rote Sumpfblutauge; über den Mooren die wohlriechende, nun bereits abgeblühte Gerbermyrte, die in kleinen, niederen Büschen alle Moore überzieht, auch die Moospreiselbeere. Nun beginnen auch in urwaldlicher Üppigkeit Irideen ihre goldenen Blüten zu entfalten. Eine wunderbare Blätter- und Blumenfrische allenthalben in den kühlen, sonndurchglühten Eichenhainen. Und dazu die Weiden mit Kiebitzklang und Staren in Menge und den frischen, äugenden freien Pferden usw. Wir kehrten in eine Schenke ein, die mit Epheu besponnen in einem Hain stand, wie alle Gehöfte im Weidemoor, so daß für die Ferne die roten Giebel fast im Blattwerk versinken. Beim Eintreten dehnte sich einsam eine gelbe Katze auf den Steinfliesen der Deele. Im Hofe liefen junge Schweine. Es hing viel Schafschinken in den Deelensparren, wovon wir zu essen bekamen. Zu trinken gab's nur „Menschenfreund" und Kognak. — Wir waren vergnügt und gemütlich und plauderten auf dem Heimweg mancherlei von Kunst. Vor dem Schulhause in Worpswede reichten wir uns zum Abschied mit dem Gefühl des Behagens, daß wir gemeinsam gewesen, herzlich und herzhaft die Hand.

WALTHER VON HOLLANDER

MÜNCHHAUSEN

Ich krieche wieder zurück. Ich schließe die Tür wieder zu. Ich lasse das Gelärm der Stiefelsohlen wieder vorbeilaufen. Ich mag nicht mehr. Es ist alles Schwindel, — schlimmerer Schwindel als mein Schwindeln je war. Ich — — erzähle das nur — ich — behänge mich mit Unmöglichkeiten wie einen Weihnachtsbaum. Aber da weiß man, daß an einer Tanne nicht Zuckerwerk, Kerzen und Flitterkram wachsen. Da weiß man, daß sie angehängt sind, um zu schmücken, zu glänzen, zu scheinen. Diese Menschen aber — pfui Deubel —: der Flieder tut, als trüge er nahrhafte Mohrrüben, die Mohrrüben wollen als Zimmerschmuck gelten, die Kartoffel ist stolz auf ihre unnützen Blüten, und der Apfelbaum möchte seine Äpfel nur „so nebenbei" tragen. Niemand steht gerade auf seinem Platz — alles schielt, blinzelt, grellt, krächzt nach anderm. Jeder will sein, was er nicht ist, und verbergen, was er ist. Nein — ich mache nicht mehr mit. Riegel vor!! Schlüssel umgedreht! Vorhänge zugezogen! Licht angesteckt! . . . S — o — . .! Ruhe — Stille — —!
Ich bin die einzige anständige Gesellschaft. Spiegel her — ah — Münchhausen! Grüß Sie Gott, Herr Baron. Habe die Ehre. Sehn müde aus, Herr Baron. Der Schnauzbart hängt wie ein weißes Winterwimpel, wie ein unbenütztes Bettlaken über die Lippen. Die Augen sind ein wenig stark untermalt und Tränenbeutel, die eine Stunde brauchen, um vollgeheult zu werden. Das Haar wird licht, Münchhausen. Sieh da, sieh da!! Der Mond leuchtet zage und glatt aus dem Schafsgewöll am Hinterkopf. Willst du noch Vollmond werden, Schädel, Rundkopf, Leuchte über einsamen Schlafnächten? Zähne — Hirschhauer — die beißen noch gut, gegilbt ein wenig von Tabaksqualm, aber vollzählig sind sie noch und werden im Grabe noch breit grinsen, daß sie nicht mehr zu Gefreß und Geschwätz auseinandergezerrt werden. Sonst — Rücken noch gerad — Arme ein bißchen rheumatisch. Hände ein wenig gichtisch, aber bereit, noch immer zuzutatzen. Beine stramm und glatt: Münchhausen — ein Kerl, ein Kavalier, angenehmer Gesellschafter, amüsanter Kauseur, liebenswürdiger Absonderling. Erzählen Sie mir eine Geschichte, Münchhausen!

— Eine Geschichte? Ist man je alt genug Geschichten zu erzählen, je jung genug Geschichten zu hören? Immerhin!: Die Nacht ist lang. Herbst schlurft auf gelben Blätterschuhn vor der Tür. Nebel steht mannshoch um die Fenster. Man müßte aufs Dach steigen wie ein Kater, man müßte auf die Bäume klettern wie der Frühnachtmond, um die Sterne zu sehn. Langweilig sind die Nächte, wenn es Herbst wird. Gespenstisch ein wenig, wenn man altert. Immer erschrecke ich über die ersten gelben Blätter am Boden. Mir ist, als ob die Bäume schamhaft zittern über diese erste Vergreisung. Es ist auch entsetzlich. So als blieben die Haare, die man verliert am Boden liegen und sprächen von den Haaren, die noch fallen werden, bis alle Haare gefallen sind, und Wintersturm über den eisigen, einsamen Schädel fährt.
Im Herbst plötzlich siehst du durch die dickste Hecke hindurch und was im Sommer geheimnisvoll hinter Laubzäunen sich barg, zeigt entkleidete Harmlosigkeit und schamlose Langeweile. Das Gerippe der Landschaft, das Knochengerüst der Bäume, das magre Herz der Welt steht dir entblößt. Woher nimmst du Umhüllung, woher Wortlaub und Erinnerungsgerank zuzudecken, zuzudecken die Blöße des Greises?
Noch nicht! Noch nicht! Noch ist es nicht soweit. Im Gegenteil!!
Prachtvolle Narretei: Buntwams jeder Strauch, gezackte Farbflamme jeder Baum, Blauhimmel, knalliger wie jemals im Jahr, Sonnuntergänge in allen Konditorfarben. Aber nachts, Münchhausen, nebelnachts wie jetzt, wenn nur die Katzen spazieren gehn auf dunklen Pfoten und die Liebespaare, die ihren Ofen mit spazieren tragen. Nachts durch den feinhörigen Nebel — da rascheln die verschämten Blätter in langem, bangem Tropfenflug durch die Luft. Da fühlst du jede Sekunde als ein Lebendiges, das den Atem anhält, müde zur Seite sich wendet und stirbt. Sehen Sie mich an, Münchhausen! Reichen Sie mir ihre Spiegelhand, lieber Baron, rücken Sie näher, werter Herr, noch näher — — ah — ganz nah, (wie angenehm) kommen wir uns nie. Ein trüber Hauch zumindest trennt uns. Distanz haben wir immer gehalten, Gespiegelter, wir wissen, was zwischen Ich und Ich liegt.
Aber heute — — ich weiß nicht — ich bin ängstlich ein bißchen — — trübe und durstig nach harmlosem Geschwätz. Der Nebel, der Blätterfall —

Sie verstehn mich . . .! Gut! Ich werde Ihnen eine Geschichte erzählen, eine Begebenheit, ein Geschehnis, ein Vergangenes, ein Nichts, ein Lächeln werde ich Ihnen erzählen, das so vergangen ist wie die Sekunde, da ich mich zu Ihnen beuge, mich wieder zurücklehne, die Augen schließe und nun sage, daß ich ihnen nie nah war, Herr Spiegelbaron.
Eine Geschichte, unwahr wie alles und wahr wie nur Unwahrheit sein kann. Ein Zurechtgerücktes, Zurechtgebogenes wie alles, was man je erlebt. Oder kennen Sie Wahrheit? Sprechen Sie, so lügen Sie schon, und wenn ich Ihnen nur schildere, was hier ist: Kamin, Kater, Kerze, Spiegel, Weinflasche, Blätterfall draußen, Hundewinseln fern und das Gähnen des Dieners in seinem Bett — — sehen Sie — dann schon schildere ich mehr und unwahr, weil alles Gesagte enger zusammenrückt, als es in Wirklichkeit ist und kein Wald so fest gefügt ist, wie er von fern erscheint.
Ich erzähle Ihnen also die Unwahrheit. Es ist nur ein Spiel, ein Gedenken- und Gedankenspiel, ein Fälscherstückchen, ein Falschmünzertrick, daß ich es erzähle. Aber wir kennen uns immerhin so gut, daß ich nichts weiter zu sagen brauche. Fangen Sie also an:
Es mag zehn Jahre her sein. Ich war wieder einmal in die Ebene verschlagen, nah der holländischen Grenze, dort, wo nur Wiesen sind und Kühe, weiß und schwarzgefleckt. Die käuen den ganzen Tag, und ich habe sie im Verdacht — genau kann ich es nicht sagen, — daß sie auch nachts käuen oder zumindest im Traum Gras rülpsen. Kanäle sind dort, grau und lautlos, schilfumstanden, fast in der Höhe des Landes, und wenn die Boote mit den schwarzen trüben Segeln anfahren, von fern wie winzige Gewitterwolke, sieht es aus, als marschiere so ein schwarzes Ungetüm lautlos über Land. Wenn die Schiffer auf den Kähnen vorbeikommen, hörst du nichts als den lauten Atem und das Plätschern der Stange, mit der sie ihre Boote staaken. Ihr Mund ist fast zugemauert und hat nur eine enge Öffnung für viel Rauch, viel Essen, viel Getränk, das hineingeht und für wenig Worte, die hinausgehen. Alle Menschen sind dort wie der Himmel: seltsam bewölkt, einfarbig, unbegrenzt und zuweilen entlädt sich über die Starren grelles Gewitter, das aus dem Boden zu steigen scheint.

Das Merkwürdigste aber ... nun ja, Sie wissen, Münchhausen, überall das Merkwürdigste ist das, was uns begegnet. Rückschauend — Sie verstehen — gesprochen — Sie begreifen — — ist es das Merkwürdigste. In Wirklichkeit ist es einfach und selbstverständlich. Einziges Unglück, daß es Wirklichkeit nicht gibt, weil wir immer in alles gemengt sind, und der gespenstische Pesthauch unserer Vergänglichkeit, dieser ewig verrostete Weg, dies Gleiten aus Gewesensein ins Werden über ein Sein, das selbst gleitet, diese schwimmende Brücke, dieser Fluß aus Gallert, diese Eisbahn aus Wasser, diese Gegenwart aus Vergangenheit gemischt und in unserm Mund zum Lügennebel verdunstend, zergehend wie Wein auf der Zunge, berauschend, stinkend, schmerzbereitend, wenn man es geschluckt und sehnsuchtsdörrend, wenn man es nicht schluckt — —
— — das Merkwürdigste war hier wie oft in Weibsgestalt geschlüpft, in blondes Fleisch in eine lächelnde Gestalt mit Wolkenweinen überkleidet, mit Nebellächeln übersponnen, von seltenen Sonnblitzen übergrellt: — eine Madonna, eine protestantische Madonna. Eine Wunderträgerin ohne Glauben, eine Christgebärerin mit Schaudern vor dem Kind.....
Aber ps st ... Greifen Sie noch nicht so tief in den Lügentopf. Sprechen Sie noch nicht so entschleiert. Lassen Sie die Dinge hervorkriechen aus den Dingen, aus denen sie kamen. Landschaft — .. Haus — ... Münchhausen — ... und dann erst ihre Madonna.
Das Haus lag am Kanal. Ein Freund, der in eine Weltliebesreise verstrickt war, hatte es mir zur Verfügung gestellt. Es lag ganz einsam, abseits des Dorfes, mit breiten Alleen nur an die Wiesen gebunden. Rings um das Haus waren Fischnetze aufgestellt. Eine schwarze Schar von Fischnetzen, als sei eine Gewitterwolke zu Boden gestürzt, zu Scherben zerschlagen und liegen geblieben. Oder als wäre das Haus die Gewitterspinne, die ihre Wolkennetze fest über die Wiesen gespannt hielt und wollte Blitze fangen. Oh! — — ich fuhr mit meinem Gelärm, mit wiehernden Pferden, mit meinen rotbefrackten Trompetern, damals noch, mit kläffender Meute weißer Hunde, die wie Wogenschwarm um den Wagen brandeten, in diese Stille hinein. Unnütz war der Lärm! Kein Haus rings, kein Mensch weit, der ihn hörte! Aber es machte mir damals sogar noch Spaß vor Kühen Theater zu spielen, und es mag sein,

daß irgendwie sich in den Grashirnen Buntes spiegelte. Genug wäre Wirkung damit geschehen, und nicht weniger wie anderswo mit heroischer Tat. Da fuhr ich also ein und wohnte. Und balgte mich mit meinen Hunden, ging durch die Wiesen auf Jagd und wußte nicht, was weiter werden sollte. Die Stille war schrecklich und durch keinen Lärm zu töten. Sie stand hinter jedem Radau und wischte ihn gleich fort, wie eine ewig bekümmerte Hausfrau hinter jedem Staubkorn herwischt. Und sie kriegte mich nieder die Stille. Die Köter fingen an zu gähnen, die roten Fräcke schienen mir zu schimmeln, die Trompeten kriegten Husten, ich soff mir verzweifelte Heiserkeit an und blieb, weil der Weinkeller voll und mein Beutel leer war. Wahrscheinlich also langweilte ich mich entsetzlich oder besonders entsetzlich. Denn in Wirklichkeit ist ja alles nur vorher und nachher erregend und angenehm, und die Langweile der Gegenwart nur dann übertüncht, wenn man die Farben mit Herzblut anrührt und sich selbst dick und unverschämt über alle Dinge streicht. Dieses alles, lieber Münchhausen, diese langweilige und tiefgefühlvolle Landschaft, diese Wiesen, Kühe, dieses taprige Umherstelzen, um ein unglückliches Huhn zu beschleichen und mit weitragendem Gewehr zu überlisten, diese Saufabende allein mit dummen Windhunden und der frühe Herbst grad wie heut — — diese alles muß man wissen, um zu begreifen, wie es kam, daß ich in eine Gefühlsschlucht meines Herzens hineinstolperte und mir den Schädel so wund stieß, daß mein Herz hinausfahren wollte. Aber trinken Sie doch ein Glas vorher, werter Spiegelgast. Sie schauen trüb und erregt aus, und der Burgunder zieht melancholische Reifen um Ihre Stirn. Träne blinkt? Lachen Sie, Münchhausen! Rosen aus dem Schädel des Pferdes werfen jetzt Blätter über das Grab am Kanal. Werfen Sie Lachen dazu, entblättertes Lachen, wie es ruckweise im Winde des Stöhnens sich zerstäubt.

Sie war, wenn ich es andren erzähle, eine belgische Marquise, die mit einem Wagen voll Koffern, von Duftwinden irgendwoher geweht, in den Hof fuhr. Ihnen, lieber Baron, kann ich anvertraun, daß sie die Tochter des Dorfpfarrers war, eines düsteren, verfilzten Waschlappen, aus dem Sonntags das Wort Gottes wie Seifenschaum troff und von alten Weiblein wie Schlagsahne geschleckt wurde. Auf dem rätselhaften Irrwege über

eine zerknitterte Pastorin, die faltig und aufgeblasen war, wie lang getragener und zu sehr gestärkter Kattun, hatte dieser Pastor eine zarte, schneehäutige und schlankgliedrige Tochter gezeugt — ein offenbares Wunder und ein Beweis, daß wir alle in unserer Körperlichkeit aus dem Nichts stammen und dem Nichts drum rechtens und ohne Zusammenhang mit Vorfahren und Nachfahren verfallen sind. Nur was innen unklar rumort, ererben und vererben wir weiter und sind drum zwischen Schein und Erscheinung jämmerlich zerteilt.
Das Wesentliche an dieser Erscheinung, die im Taufbuch Carola Meswarb genannt war — der Pastor hatte sicher einen Sohn mit Namen Carl gepflanzt und das geerntete Mädchen enttäuscht und hartnäckig Carola genannt — das Wesentliche habe ich, ehrlich gesagt, lieber Baron, nie herausgekriegt. Man sieht derlei Gestalten zuweilen auf alten Kupferstichen mit etwas zu bunten Wangen, hellgelben Haaren und in allerlei Seidengeschlepp gekleidet. Aber daß diese Gestalten der angestaunten Kinderbücher plötzlich lebendig werden und bei aller Gleichheit doch wieder ganz anders sind und doch die Erinnerung nicht loslassen und freudiges Wiedererkennen befehlen — das bleibt unbegreiflich. Nun war sie ja auch nicht eigentlich lebendig oder doch nur ein einziges Mal, ganz kurz vor ihrem Tod, als das Ungelebte in heißer Flamme herzverbrennend durch sie fuhr, oder lebendig schließlich doch... lebendig nicht weniger als andere. Alle, alle sind ja nur Statuen am Weg und bleiben in einer einzigen Gebärde in einem einzigen steinernen Rhythmus zurück. Carola hatte weniger Substanz als alle Menschen, die ich kenne. Sie war nicht Rhythmus, nicht Gebärde, sondern nur ein einziges, ganz leises, etwas mageres Lächeln, ein Lächeln wie Sonne hinter zarter Wolkenschicht, wie Himmel mit weißem Seidenüberzug. Kennen Sie die Seide der Huren von Peking?? Sie wissen: Peking, die stutenfarbene, isabellengelbe Stadt, durch die wir... aber bitte, lieber Baron.. wir sind unter uns und nie in Peking gewesen. Aber die Seide der Huren von Peking ist ganz leicht und so durchscheinend, daß der Körper in seine Unwirklichkeit deutlich gekleidet, stärker durchscheint, als er in Wahrheit ist, und voll Verlockungen, die er gar nicht besitzt oder doch nur besitzt, solange die hauchdünne Seide uns trennt. Genug — solch eine Seide war über

ihr Lächeln gespannt und machte das ganze Gesicht durchscheinend, daß man in einen Himmelsspiegel, in einen Wolkenbrunnen zu blicken meinte, in jene Unendlichkeit, aus der alle Geheimnisse quellen, in die alle Gewichte wuchten, in der alle Säfte wurzeln und die allein es möglich macht, daß man zwischen heute, morgen und übermorgen einhertaumelnd die Balanze nicht verliert.

Was soll ich noch von diesem Lächeln sagen, das mich sehr gerührt hat und immerdar ein Tränenmagnet ist? Es war das Lächeln einer gemalten Nonne, die sich dem Herrn opfert und der sich im Opfer Inbrunst in Brunst wandelt, indes die Beter verzückt vor ihr bleiben. Sie aber — die Gemalte — ist gequält von der Wandlung wider Willen, hat Angst, Gott möge erkennen, was in ihr sich hebt, und kann nicht von der Leinwand fort an die ein teuflischer Maler sie heftete. Kurz oder lang gesagt: so oder ähnlich und in Wahrheit eben nicht zu schildern, war das Lächeln Carolas — war Carola Meswarb, Tochter des Pastor Meswarb, nahe der holländischen Grenze. Wie das alles kam — oh es ist vollständig gleichgültig und in Wahrheit auch gar nicht zu ergründen. Einmal lachte das Lächeln, und so geschah es.

Ich ritt täglich ins Dorf, von meinen Trompetern begleitet und brachte durch sinnlose Galoppaden Hühner und Kinder in Lebensgefahr und alte Weiber zu beschwörendem Händeheben. Einmal muß es Sonntag gewesen sein. Die hohlbrüstige Dorfglocke läutete unausgesetzt, die Bewohnerschaft ging durch den hellen Tag, kattunen oder mit schwarzen Hüten im Stelzschritt der feierlichen Langeweile. Ich schloß mich zu Pferd dem Zug an und kam sehr fromm vor der Kirche angeritten. Grad als ich anritt, trat drüben in feierlichem Ornat der Pfarrer, das angesäuerte Gotteswort, mit Frau und Tochter aus der Pfarre. Im gleichen Augenblick setzte erneutes Kirchengeläut ein, und eine schmallungige Orgel plärrte Feiertöne. Da hielt es mich nicht mehr, und ich gab meinen Trompetern Befehl, und die hoben die goldnen Hörner an die Lippen und bliesen den Türkenmarsch in das Glockengeläut hinein. Mein Gaul aber hörte das alte Feldgeschrei und steilte auf und brach in Galopp aus, und die Trompeterpferde sausten im Galopp hinterdrein, und wir rasten im Geschmetter des alten Attaquenmarsches immer rund

um die Kirche, daß die Dörfler sich mit gesträubten Zylindern in die Ecken verkrochen oder die ganz Mutigen sich mit einem Sprung in die Kirchenkühle retteten, bis Neugierige dieses Himmelstor verrammelten. Der dünnbeinige Pastor verlor alle Andacht und hob drohend seine Bibel gegen mich als wäre sie ein Wurfstein. Ich sah das eigentlich gar nicht, sondern sah nur das Lächeln Carolas, das in ein ganz kurzes helles, kaskadensprühendes Lachen überging und sah, daß Carola zweimal in die Hände klatschte, wie ein Kind, das einen Ball in die Luft wirft und einen Stern wieder auffängt. Ich riß meinen Gaul ganz fest zum Halten, daß er funkensprühend aus überheißen Hufen, stillstand. Das Lachen war mir in die Zügel gefallen. Ich wollte es aufs Pferd heben und davonreiten — aber als ich vor der Pastorenfamilie hielt, war es hinter dem zornroten Papa verschwunden und tauchte nur wieder als Lächeln herauf und sah ganz durch mich hindurch, als sei ich soviel da wie der Sonntagswind, der in ihren Haaren mit zarten Händen einherfuhr.
Ich ritt nach einigen halben Entschuldigungen weg und ritt langsam und wie unter einer Last. Ich trug etwas mit mir, ich hatte für Lachen Blei eingetauscht, und eine nächtliche Wolke lag quer über meinem Sattel. Es kamen nun meine einsamen Ritte täglich ins Dorf, in ungeduldigem Trab bis zu den Häusern und im langsamen Schritt zwischen den Häusern einher. Aber ich fand sie nicht oder doch nur ein- zweimal hinter Pfarrhausgardinen, ohne zu wissen, ob sie es wirklich war oder nur ein Luftgebild hinter Gardinenspitzen. Am ehesten schien ihre Ungreifbarkeit aus den Abendstunden, wenn die ersten Nebel aus der Wiese rauchten und in kleinen Wolken über den Kanal zogen. Dann glaubte ich sie oft in Rufweite und begann zierliche Gespräche in die Dämmerung zu schreien und amüsante Geschichten aus der Buntheit meiner Gehirnfäden zusammenzustoppeln und abends am Kamin ein Gewirk unmöglicher Erlebnisse als Teppich vor sie zu breiten und prachtvolle dunkle Lügentrauben zu servieren.
War es wirklich so lange und traurig, lieber Münchhausen? Ja, es war wohl so — lieber Münchhausen. Abendelang heulte ich betrunken durch leere Zimmer. Ein bißchen aus Langeweile. Viel aber auch aus Traurigkeit, weil ich befangen war in den Rätseln dieser Nebellandschaft.

Dieses Lächeln — so glaubte ich — hätte eindringen können in die einsamen Felder der Brust, die man Seele nennt und die immer wieder in dumpfem Klopfen sich melden in mir. Seele...! ha.. Münchhausen.. Seele hieß das Geheimnis und hing in Gestalt Carolas als ein Pendel zwischen Hölle und Himmel, als eine Glocke von Gott und Teufel hin- und hergeschlagen. Seele.. dort in Nebelwiesen, zwischen Buntbäumen, dumpfen Kühen und zähen Kanälen, in Moor, Sumpf, Schilf und geduckten Häusern. Seele der Frau.. Seele einer Frau... Frauenseele.. gestachelt unter der Hülle des Lächelns und vielleicht eine ganze Menagerie gieriger Tiere im Käfig der engen Haut.
Aber lassen Sie Ihre Deutung, bester Baron, lassen Sie weitere Spiegelung ewiger Spiegelfechter. Lassen Sie Geistblitz und Wortscharmützel, schildern Sie Tatsachen oder besser gesagt: Begebenheiten. Stellen Sie ihr Licht unter den Scheffel!! Lassen Sie die Begebenheiten leuchten. Begebenheiten? Die Welt, mein Bester, ist voller Begebenheiten, ist angefüllt mit Begebenheiten, wie die Wasserfässer jener regnerischen Gegend. Und doch: es begibt sich nichts und die Geschehnisse laufen vorüber wie die Mäuse: huuiiisch!!! von einem Loch mit Gequiek, ein Schatten in das andere Loch, und stellst du deine Seele als Falle auf, hängst dein Herz hinein als Speck: Quapp!! Triumph!! Das Erlebnis, Geschehnis, die Begebenheit ist gefangen! Aber sie zuckt nur noch einmal, streckt sich und liegt mit blutigem Kopf, da und du kannst an dem Kadaver wohl Form, Farbe der Maus gelehrt abmessen, aber Leben einblasen, dem einmal gefangenen, das kannst du — — das, werter Spiegelgast — das können Sie nicht.
Und so ist immer wahrer, was ich erzähle, als das, was ich erlebt. Denn die Worte machen Toten lebendig und sind die Sprungfedern, die Gummifedern, mit denen du in jeden Himmel schnellen kannst. Aber gut. Ich versprach Tatsachen, Begebenheiten. Hier sind sie: Trotzdem ich fast gar nichts tat als sinnlos saufen, seufzen, greinen, reiten, jagen manchmal ein bißchen (einmal erschoß ich aus Wut und Verzweiflung eine Kuh und mußte dem wütenden Besitzer ein Pferd schenken, eines der Türkenpferde) trotzdem ich also (bleiben Sie endlich mal bei der Sache) nichts tat, zog das Jahr tagauf, tagab an meinem

Haus vorbei, trug den Oktober Stück für Stück ab und schleppte den November herbei. Der kam in dicke Regentücher gewickelt und weinte mit nassen Windeln auf allen Wiesen. Der Kanal schwoll an, breitete sich und überschwemmte das Land. Nachts schurrten die Wasser laut, hämmerte zuweilen ein vertriebener Pfahl auf seiner Wanderung gegen die Mauern, die dem Wasser zugekehrt waren. Dann schnoben die Hunde wütend gegen den Einlaßpocher, bellten beunruhigt und legten sich wieder gähnend, wenn der Pfahl weitergeschwommen war. Ich wollte Jahr, Tag, Leben, Wasser festhalten. Ich stemmte mich manchmal fest gegen meine Zimmermauern aus Angst, auch die wollten aufstehn und davonschwimmen und mich frierend zurücklassen auf dem Rücken des davonschwimmenden Jahres. Es durfte nicht sein, daß dieses Jahr vorüberging. Es durfte nicht sein — und darum geschah es auch nicht. Es mag sein, daß ich das Klopfen überhört hatte. Denn ein Sturm hatte in der Dämmerung eingesetzt und hieb so gegen die Fensterläden, daß es schien, als stünden Kompanien Einlaßheischender draußen. Jedenfalls hatte ich nichts gehört.
Ich war — wie ich noch hinzufügen muß — ein paar Tage nicht im Dorfe gewesen, weil der Regen gar zu dickfädig war. Ich saß also mißmutig wie immer in Burgundergesellschaft am Kamin und unterhielt mich mit meinen Händen, die von Schatten und Flamme wechselnd übermalt wurden. Ich dachte, wieviel Gleichgültiges man mit Händen greift und hat nicht Hände, das Wesen und das Wesentliche zu packen; genug, ich hatte nur das Klopfen des Windes gehört, und da ich gestern bei jedem Windklopfen zum Spaß „Herein!!" geschrien hatte, war ich heiser und achtete es nicht. Es mag also, wie gesagt, sein, daß sie geklopft hatte. Nicht oder ja . . . jedenfalls stand sie plötzlich, sie — . . Carola — vor mir in einem weiten grauen Regenmantel, und das Lächeln schien aus der Kapuze, wie aus einer Zwergenhöhle der Kindheit. Wasser tropfte aus dem Mantel und zog einen Tropfenkreis um sie, in dessen Mitte sie reglos stehenblieb.
Zuerst dachte ich, sie sei ein närrischer Spuk der Besoffenheit. Dann aber begann sie zu sprechen und hatte eine Stimme wie eine leise zersprungene Glocke, eine Glocke mit grüner Patina überwachsen.

Stimme und Lächeln — darin war alles. War Landschaft, Kuh, Nebel, war Herbst mit Winter, war überschäumender Kanal und versickerndes Wasser des Frühlings, war Leben und Tod dieser nordischen Ebene und ein Mehr noch, von dem ich erschüttert wurde.
Sie kam — wie sie sagte, in Sorge um mich, daß ich krank und einsam läge, weil ich ein paar Tage nicht im Dorfe gewesen war. Und warum sie das aufrege? Was sie das anginge? fragte ich höflich verbrämt. „Die braunen Pferde, die weißen Hunde, die bunten Fräcke der Diener", sagte sie nur. Ich begriff sofort und lief, den fünfkerzigen Leuchter in der Hand in das Dienerzimmer, hieß die beiden die Fräcke anziehen und die goldenen Hörner umhängen, befahl die Pferde zu satteln und kaum fünf Minuten später sprengten die Berittenen mit rasendem Radau, durch hufzerschmetterte Fenster, Pferdeblut als Spur hinter sich, in den Saal, den Türkenmarsch blasend und die ganze Hundemeute hinterdrein in Riesenwellen dröhnender Erregung. Da sprang noch einmal das Lachen über sie und jenes ganz kleine Händeklatschen und blieb etwas länger, weil der gestrenge Papa es nicht schluckte. Das Lachen durchdrang alles Gepolter meiner roten Höllenknechte wie Engelsstimme und Engelflügel immer durch alles Teufelsgeschrei und Teufelsschwanzschlagen durchdringt und blieb, als der Spuk wieder durch die Fenster entsprungen war. Da rauschte Stille wie ein Vorhang. Das Wasser begann wieder zu schlurfen, ich stand wie ein gefrorener Witz. Sie aber wandte sich ein wenig, als müßte sie gehen. Ich nahm ihr endlich den Regenmantel ab, und so blieb sie, in ein rührendes Fähnchen gekleidet mit zu bunter Stickerei, blieb in einen Sessel ans Feuer geschmiegt. Und ließ sich vom Flammenzucken streicheln. Da war eine Weile nur das Atmen von uns beiden im Zimmer, bis sich das Geschehnis wie Kalk von den alternden Wänden löste, abbröckelte und uns zu Füßen fiel.
Carola trank ruhig und schweigsam und ließ es geschehen, daß ich ihre Hände streichelte und schmolz langsam und ohne Widerstreben wie eine gefrorene Blume am Feuer zu mir herüber. Es geschah dieses Unmögliche ganz selbstverständlich und wie es in einem schweren Traume geschieht. Auch dies, daß sie ihr Kleid öffnete und den Schneehügel ihrer linken Brust mir entgegendehnte, eine Blume, rührend unbewußt

und hilflos in ihrer unbemerkten Vergänglichkeit. „Du sollst mein Herz küssen, Münchhausen . . . weil mein Herz bunt ist, wie die Worte, die auf deinen Lippen schaukeln", — sagte sie. Ich warf mich ihr zu Füßen und sagte, sie sei die Königin von Bethanien oder Neu-Georgia und die zarte Spitze einer Eislandschaft, fast dem Himmel vermählt. Und spann aus Tigerfell und Burgunder, aus Ambreharz und beizendem Buchenholzgeruch ein Märchen, in dessen Mitte sie nackt und übersponnen doch von ihrem Lächeln lag.
Plötzlich aber geschah, daß Märchen in die Wirklichkeit rückte oder Wirklichkeit in den Traum hineinflog. (Wer unterscheidet auf Gipfelpunkten des Blutes). Die Halle spaltete sich in einer lautlosen und feierlichen Bewegung. Sterne unbekannt hier und von wuchtigen Wolken mühvoll hergeschleppt, schienen herein, Kometen mit Leuchthaaren im Geschlepp fuhren vorbei. Sternschaukel, aus dem Bauchband des Orion hängend, flog sprühend durch das Zimmer. Ich aber hob das Wunder in die Sternschaukel. Da schwang sie in einem Flugrausch, Fliegerausch, Flügelrausch, schwang mit eckigen Ellenbogen, steil emporgestreckt, mit behenden Schenkeln, stieß mit zierlichem Zeh nach höherem Gestirn, daß es im Funkenregen herabprasselte und Glühkäfer im Haargewölk des Schoßes funkelten: Sternsamen. Dann schwang ich mich beherzt dazu, schwang höher noch, nur noch majestätischen Wolkenmantel um die Schultern und einte mich in einem Flug, der an singenden Sonnen vorbeifuhr, durch düstere Gewitterwolke stöhnend stürzte und in sanfter Saatwolke gelinderten Blutes landete.
Da erloschen die Sterne. Zimmer zog sich wieder zum Zimmer zusammen. Das Lächeln sank ganz nach innen, und der zarte gebrechliche Heiligenkörper lag in einem krampfhaften Schluchzen in meinen Armen.
Mit den Kleidern kam eine entsetzliche Düsterkeit über sie, ein fassungsloses Erkranken, ein furchtbar zerspellendes Landen in diesem Lande, aus dem sie einmal entkommen. . Sie barg sich klammernd an mir — aber ich wußte keinerlei Trost für sie (und war wohl auch müde). Ich wollte sie geleiten, aber sie schlug das so energisch ab, daß ich zurückblieb und in einer wohligen Müdigkeit einschlief. Ich erwachte mitten in der Nacht und mochte wohl drei oder vier Stunden

geschlafen haben. Ich erinnerte mich nur noch dumpf und wohlig des rätselvollen Geschehens und stolperte, von meinem Schatten begleitet, auf mein Zimmer zu.

In dem riesigen Zimmer, in dem ich schlief, sprangen die Hunde toll und winselnd um mein Bett. Was — bleiben wir ruhig lieber Baron — was — lieber Gespiegelter, den das alles nichts angeht — was meinen Sie, daß ich fand? Ich fand an meinem Bettpfosten, schaukelnd, halb aufgestützt mit schlappen Beinen, fand Carola Meßwarb, geschändete Pastortochter, verlorenen Lächelns, aufgehängt, aufgehängt an meinem Bettpfosten, aufgehängt mit Strick, Abschiedszettel und aller Lügerei des Selbstmordes. Der Zettel aber enthielt die närrischen Worte, „Münchhausen, das Märchen von Münchhausen, zu Ende gelebt von Carola Meßwarb." Diesen Zettel hatte sie in die oberen Zähne geschoben, sodaß die Zunge klein, fein und blau unter dem Zettel mir entgegenbleckte. Es war, wie sie jetzt aussehen, Herr Baron: Entsetzlich, grauenhaft albern, rührend und unentrinnbar. Ich nahm die Leiche, band sie quer auf ein Pferd, Regen troff, rann, strömte. Wir kamen zum Kanal, aber der Kanal schwamm weiter. Ich spornte mein Pferd und sprang mit der Leiche in den Kanal und schwamm, schwamm, bis mich ein Pfahl in den Rücken stieß, mich vom Pferde stieß und ich zu versinken drohte. Das Pferd aber hatte Boden gewonnen, arbeitete sich keuchend aus dem Wasser und galoppierte mit der Leiche in den trüben Morgen hinein. Ich rettete mich ans Ufer und schlug mich davon und irrte ein paar Tage planlos in Wald und Düsterkeit. Am dritten Tag lief ein Krachen hinter mir her. Ich lief in meiner Mörderangst und Verzweiflung, kläglich wie immer, auch vor diesem Geräusch davon. Erst als mein zu kurzer Atem mich zum Stillstehen zwang, wagte ich mich umzublicken. Was meinen Sie aber, daß ich sah? Mein Pferd, mein Türkenpferd, braver, klüger und treuer wie ein Hund hatte mich aufgespürt und bog wiehernd die Knie vor mir. Am Sattel hingen noch die Stricke, mit denen ich den Leichnam befestigt hatte.

Ich schwang mich auf. Das Pferd wußte besser wie ich, wohin mein Herz schlug, und in einem letzten Galopp brachte es mich vor den frischen Grabhügel, der über Carola sich wölbte.

Eine gelbe Fackel, stand der Sonnenuntergang noch im Westen, beißender Rand pechschwarzer Trübniswolken. Ich grub im rechten Winkel zum Grab ein neues Grab, breit und schwer. Grub bis die beginnende Mondsichel nicht mehr in den Boden schauen konnte. Denn ich wollte mich zu Pferd nahe bei Carolas Gesicht vergraben. Dann ritt ich einmal noch in das Haus zurück. Brach in die Gewächshäuser, grub einen Rosenbusch aus und band ihn als triumphierende Feder an den Pferdekopf. Galoppierte durch die Nacht zurück zum Grab. Da aber, inmitten der Sandwände nahe der süßesten Verwesung, sah ich, daß selbst in Dunkelheit zu atmen besser sei als verwesen, und beschloß, nur ein Denkmal zu setzen und zu gehen. Und zerrte meinen Gaul, geschmückt mit Rosen ins Grab und schoß ihm eine Kugel quer durchs Hirn, daß er lautlos sich legte, ein wachsamer ewiger Wächter zu Häupten Carolas. Dann schüttete ich das Grab zu und stampfte den Boden fest, und es blieb nichts zurück in dieser Novembernacht als die Sommerrosen, wachsend aus dem Pferdeschädel, der in Kußnähe schläft dem Schädel, dessen Lächeln nun doch in Grinsen verzerrt ist.
Seele, Seele, lieber Baron.. dies ist mein Begegnis mit der Seele und in allem wahr, und ich hasse die Seele. Und die Worte dieser entsprungenen Heiligen: „Das Märchen Münchhausen.." Sehen Sie: Ich kann das nicht verstehen, wie man mich ernst und als Wahrheit nehmen kann. Ich bin bunt, ich bin lebendig — — mehr zu sein ist niemand verpflichtet, und mehr ist Unwahrheit. Bunt.. grau.. Geschehen.
.. Nichtgeschehen... Worte alles, aber lebendig sein ist mehr, Carola..
... Wie meinen Sie? ... Was ist entsetzlich?.. Tote sind nicht tot? Was streichen Sie über Ihr Haar? Was streicht über Ihr Haar? Fassen sie sich, Baron! Leben, Tod ist Schwindel! Carola? Wie?.. Was? Nein, ich komme noch nicht.. ich glaube es noch nicht!! Beweisen Sie den Tod, Spiegelbaron! Ich gehe, ich laufe unter die Menschen, Carola? Münchhausen ins Leben! Bunt gelogen, gezackt, verwirrt, geknittert, farbig, verzerrt, höhnisch.. Leben! Nur und nichts anderes!! Leben ist Lüge, aber Lüge ist Leben. Seele? Haltung Baron! Die Tür ist offen. Menschen gehen draußen vorüber. Meine Schritte n i c h t unter ihnen? Auf Münchhausen!! Tod ist eine lächerliche Figur und gehört immer den anderen.

Aus den „Legenden vom Manne". Angelsachsen-Verlag, Bremen

HEINRICH VOGELER

DIR

In weißen Anemonenkissen lag
Ein graugranitner Stein.
Hier saßen manchmal wir bei Tag.
Die Hände ein in ein.

Und vor uns lag
In brauner stiller Heide
Ein blanker See;
Und wie in heller Freude
Spielten mit ihm
Die Wolken aus luft'ger Höh'!

Sie zogen, wenn der Abend naht,
In weite, weite Fernen;
Und bauten Schlösser Türm' und Wall
Wie folgten wir so gerne.

Und wenn sich dann der Abend müde streckt
Auf seinem weiten braunen Heideland
Und wenn die Dämmrung dann das Lager deckt
Bis an den fernen dunst'gen Hügelrand.

Dann zittert lockend durch die weiche Luft
Bald mächtig schwellend in den Abendduft
Zu hohem Lied zu vollem Schall
Der Sang der Nachtigall.

Aus der Gedichtsammlung „DIR" von Heinrich Vogeler. Erschienen im Inselverlag Leipzig 1899

VON WORPSWEDER LEUTEN
*Aus den Briefen und Tagebuchblättern von Paula Modersohn-Becker**

Herbst 1898

Ich wandle getreulich morgens und nachmittags zu meiner Mutter Schröder ins Armenhaus. Es sind ganz eigenartige Stunden, die ich dort verbringe. Mit diesem steinalten Mütterlein sitze ich in einem großen grauen Saale. Unser Gespräch verläuft ungefähr so: Sie: „Jo, komt se morgen wedder?" Ich: „Ja, Mudder, wenn Se's recht is?" Sie: „Djo, is mir einerlei." — — Nach einer halben Stunde beginnt dieses tiefsinnige Gespräch von neuem. Dazwischen kommen aber höchst interessante Episoden. Dann hat die Alte eine Art Halluzination. Dann beginnt sie irgendwelche Jugendbilder zu erzählen. Aber so dramatisch in Rede und Widerrede, mit verschiedenem Tonfall, daß es eine Lust ist, zuzuhören. Man möchte gleich alles zu Papier bringen. Leider verstehe ich nicht alles. Und fragen darf man nicht, dann kommt sie aus dem Konzept und kehrt in ihr Jammerdasein zurück. Auch die Nachtszenen, die sie mit unserer steinalten Olheit verlebt, wenn jene aus dem Bett gefallen ist, sind druckfähig .... Neben dieser Sibyllenstimme klingt noch ein liebliches Gezwitscher an mein Ohr. Das ist das kleine fünfjährige blonde Mädel, das seine Mutter ungefähr zu Tode prügelte und das jetzt zur Erholung die Armenhausgänse hüten darf. Nun hat sich dies Persönchen in ein Gewebe von Traum und Märchen eingehüllt und hält liebliche Zwiegespräche mit ihrer weißen Schar. Dazwischen kräht sie langsam: „Freut euch des Lebens — —" und versetzt einem naseweisen Huhn eins mit der Gerte. Mir ist ganz wunderlich in dieser Umgebung.

Mein Modell, der alte Jan Köster sagte heute, nachdem er drei Stunden stillgesessen hatte, in ironischem Ton: „So, dat Sitten is ne Lust, min Arsch is ganz blind."

Der alte Bredow aus dem Armenhaus, der hat ein Leben hinter sich! Jetzt lebt er im Armenhause und hütet die Kuh. Sein Bruder wollte

ihn vor Jahren in die ordentliche gesetzte Welt bringen. Aber der Alte hat seine Kuh und sein Träumen so lieb gewonnen. Davon läßt er nicht mehr. Jetzt hält er die Kuh am Gängelbande, geht mit ihr auf der gelbbraunen Wiese, gibt ihr bei jedem Schritt eins mit der Gerte und philosophiert. Er hat studiert. Dann war er Totengräber während der Cholera in Hamburg. Dann wieder sechs Jahre Matrose, hat wohl überhaupt toll gelebt, ergab sich dem Trunke, um zu vergessen und hat nun im Armenhause Abendfrieden.
Abends zeichne ich jetzt Akt, lebensgroß. Die kleine Meta Fijol mit ihrem kleinen frommen Cäciliengesicht macht den Anfang. Als ich ihr sagte, sie solle sich ganz ausziehen, antwortete das kleine energische Persönchen: „Nee, dat do ick nich," ich brachte sie zu Halbakt und gestern, durch eine Mark, erweichte ich sie ganz. Aber innerlich errötete ich und haßte mich Versucher. Sie ist ein kleines schiefbeiniges Geschöpflein, und doch bin ich froh, wieder einmal einen Akt in Muße zu betrachten.

In diesem Klima scheint der Malkater zu gedeihen und sich üppig zu entfalten. So einsichtsvoll ist er aber doch, daß er neben sich noch feine, ganz eigene Stimmungen aufkommen läßt, die mir das Leben reich und schwerhaltig machen: einen Sonnenuntergang mit Glockengeläute, einen Besuch bei einem alten Weiblein mit einem Fuß schon in der anderen Welt, die Gedanken noch einmal licht aufflackernd vor der großen Katastrophe. So erzählte sie in den schönen, kräftigen Worten des Volkes von Geburt, Heirat und Tod. Wenn diese Leute mal Gedanken haben, so lauscht man ihnen wie gebannt, meist reden sie aber nur Formel, nur leere Worte, um überhaupt zu reden. Das ist furchtbar und läßt die Gattung einem so niedrig erscheinen.
Jetzt ist die Zeit der Spinnstuben. Jetzt wandern die alten Weiblein von Haus zu Haus mit ihrem Spinnrad. Die Männer verarbeiten dann die Wolle zu den Strümpfen. Sogar mein Garwes strickt in seinen freien Stunden. Am liebsten gehe ich zum alten Renken „achter de Dannen", (die Kiefern sind.) Der bindet seine Besen, macht manchen lustigen Schnack, wiegt sein Enkelkind auf dem Schoß, dem er unermüdlich ooaa, ooaa auf zwei

Tönen vorsingt. Sagt die junge Mutter dann mit einem Schelmenblick: Dat Lied kennt se nun all, so erfindet er flugs was Neues und singt nun aaoo, aaoo. Die Menschen haben sich untereinander so innig lieb, hier eine Seltenheit, und lassen Welt Welt sein, was für sie soviel heißt wie Worpswede Worpswede.

Nachmittags hole ich mir jetzt die alte Adelheid Böttcher, „die alte Olheit" als Modell. Es herrscht Rivalität unter den alten Weiblein wegen des Modellgeldes. „De grote Lies hett ehre gode Mötz upsetzt un denkt, nu holt Se se. De vertellt mi immer so witlüftig Tüch, von Jungens un Deerns un wo dat was un wo dat würd. Ich hör gor nich to, segg nur von Tid to Tid „jo" un heff min Gedanken up en armer Ziel." So redet das Weiblein in mich hinein. Es ist immer noch viel Leben in ihm, ein heißes Für und Wider, dabei schon ein wenig kindisch. Hat sie was ausgefressen, so sagt sie zur jungen Frau: „Moder, vergiff mi, ick hev unrecht." Das rührt mich.

Die alte Olheit erzählte mir heute den Roman ihres Lebens. „Se harr in Bremen deent, Besselsstraten. Denn har se sick verheirot. Irgendwo mutt se jo doch bliwen. Is jo och god gangen, nur, dat hei nu dot is." Nachmittags meine Alte: „Ick segg to de grote Lies, ick will mich man ehrlich hollen, dat ick redlich ins Begräffnis kumm wie mien Mann. Darum bitt ick unsern Herrgod alle Dog, dat hei mich nich horen und nich stehlen läßt. Dor kannst do nix an maken, wenn hei dat will." Ich mußte innerlich über diese Unschuld kopfschüttelnd lächeln. Halb verdorrt, halb blind, fast ganz im Grabe und den lieben Gott bitten, daß er einen nicht huren läßt.

Frühling 1903

Nach der Pariser Reise. Heimkehr nach Worpswede.
Ich komme unsern Leuten hier wieder nahe, empfinde ihre große biblische Einfachheit. Gestern saß ich eine Stunde lang bei der alten Frau Schmidt am Hürdenberg. Diese sinnliche Anschauung, mit der sie mir den Tod

ihrer fünf Kinder und drei Winterschweine erzählte. Dann zeigte sie mir den großen Kirschbaum, den ihre Tochter gepflanzt hatte, die im achten Jahre gestorben war. „So, so, as das Sprekword seggt:
>Wenn de Bom is hoch,
>Is de Planter dot."

Herbst 1907

Eine wahre Geschichte hier aus der Gegend: Jemand kommt in ein Bauernhaus und will den Bauer sprechen. Die Frau steht am Feuer und sagt: „He hett sick een beten hinleggt. Wi hebbt en beten unruhige Nacht had." Sie hatte nämlich nachts ein Kind bekommen.

*Mit Erlaubnis des Verlages Kurt Wolff, München, dem Buch: Paula Modersohn-Becker, Briefe und Tagebuchblätter, entnommen

LUDWIG BÄUMER

VERKÜNDIGUNG

Als er sie sah und so ihr Händefalten,
Das sie wie Abwehr ihrer Brust umlegte,
Begriff,
Da stand der Engel, schwieg
Und wartete, bis sie der Sturm bewegte
Und neigte und ihn bei seinem alten
Namen rief;
Es klang wie: „siegl" —
Da war er groß,
Und sie war klein
Und wuchs ihm, Wunder, in die Hand hinein
Und war so bloß
Und nackt und rein,
Und er umwölbte ihren Schoß
Mit seiner Blicke Benedein.

OTTO TÜGEL

TRAUM VON DREI TOTEN

Und war die Nacht mein schönes Bilderbuch,
Das in den Seiten schlug und den Geruch
Voll süßer Kindheit barg wie meiner toten Mutter Tuch.
Die tote Mutter trat auf mein verdorrtes Land,
Sie brachte meinen Vater mit an ihrer weißen Hand,
Den wilden Vater, den ich nie gekannt:

Der spannte sich in meinen mondbeglänzten Pflug
Und schnitt mein Feld zu graden Furchen, daß die Erde rauchte.
Und meine Mutter, die im Kleide guten Samen trug,
War so voll Frieden, daß sie gar nicht sterben brauchte.
Und wenn sie sich begegneten, so sahen sie sich stumm
Als ob sie sprechen möchten, nacheinander um.

Dann ruhten sie. Und meine Mutter nahm das Tuch,
Das ihr der Vater gab. Es war voll Schweißgeruch.
Und eine andere Seite schlug schwer aus dem Bilderbuch:
Im gleichen Acker rann ein Schatten dünn aus bleichem Sand,
Ein Mädchen, das mit seiner kleinen Totenhand
Wimmernd voll Dornen säte mein gepflügtes Land.

LUDWIG TÜGEL

„SEUL AVEC MON ÂME . . . .

Improvisation der Verteidigung Robespierres bei der Diskussion einer von ihm verfaßten Adresse, in der die Worte „Providence" und „Dieu" vorkamen. Der Girondist Guadet stand gegen diese Ausdrücke auf: „Ich kann es nicht begreifen, daß ein Mann, welcher seit drei Jahren so mutvoll gearbeitet hat, das Volk von der Sklaverei des Despotismus zu befreien, mithelfen kann, dasselbe in die Sklaverei des Aberglaubens zurückzuführen."

So sag ich euch: Ich will die Augen schließen,
Ihr könntet merken, daß mein Herz erhebt.
Allein mit meiner Seele will ich sprechen,
Da ihr sie auf die Guillotine hebt.
Ich liebe euch. Ihr wart gekränkt, entrechtet.
Ich sah euch leiden, wie ich selber litt:
Gleichviel verwaist, verabscheut, mißgestaltet —
Das war von Herz zu Herz der beste Kitt.
Ging ich nun Knechtschaft ein mit dieser Liebe?
Schnürt ich mich fest an euer Menschenleid,
Daß ihr mir heute diese Regung als die
Verdammte Pflicht in meine Ohren schreit?
Wenn tausend Morde, die ich unterschrieben,
Für euren Durst zu wenig Labung sind,
Gestattet mir, daß mir ein Tropfen Andacht
Mit jedem Kreuz aus meiner Feder rinnt;
Daß ich in dunklen Nächten bei der Kerze,
— allein mit meiner Seele — weinen darf
Und einen Gott um seinen Rat befragen,
Ob solcher Liebe noch die Welt bedarf.

HEINRICH VOGELER

GOTT

Im Anfang war Stimme, und die Stimme war bei Gott, und Gott war die Stimme. Stimme ist die Wage des Gesetzes, das Maß der Einheit, das sie in den Dingen offenbart. Die Stimme Gottes offenbart sich in der Materie als Gesetz, als Bewegung der Welt.

Gott ist Bewegung, das Ewig Zeugende, das Ungeformte, das sich immer wieder in der Materie offenbart als zeugendes, sich fortpflanzendes Gesetz. Gott ist nicht erkennbar; wer aber die Bahn findet und im Gesetz wandelt (in der Liebe, zu der Erfüllung des Gesetzes), den durchrauscht der Rhythmus der Ewigkeit: Erfülltsein in Bewegung und Wandlung zur Einheit, zur Harmonie mit dem Unendlichen, Friede, Glück. Vom Namen Gottes sagt Laotse: „Der Name, den du nennen kannst, ist nicht der ewige Name, Gott ist undenkbar, unfaßbar." Alles Forschen der Menschen, alle Bewegung im Menschen und in allen Dingen der Welt ist Gott, das Große, Ungeformte, das sich Formsuchende. Gott ist die Offenbarung in der Einheit des Gesetzes, dessen Sein sich nicht erforschen läßt, denn auch das Forschen findet nur Gott und erfüllt das Gesetz; ist Gotteskraft.

Es gibt keine Materie, in der Gott nicht ganz ist. Die erlösende Freiheit des Menschen ist die schöpferische Kraft, die das Einheitsgesetz der Materie sucht, erkennt und mit ihm gestaltet, um eins zu werden mit dem All.

Es gibt keinen Menschen, der sich vollendete, denn damit wäre er mehr wie Gott, der unendlich ist, Bewegung in ewiger Zeugung. Der suchende Mensch ist Werkzeug des Gesetzes, er erkennt in jedem Baum, in jeder Pflanze, in jedem Tier, in Erde, Meer und Stern das Gesetz der Ewigkeit. Wer Gott sucht, findet Gesetz auch bei den Irrenden. Wer die schöpferische Zeugung, das große Ungeformte, das Einheitsuchende nicht in sich lebendig fühlt, wer nur an das „Ich" glaubt, und die zeugende Kraft im „Du" nicht findet, der wird nur das „Ich" hören; er wird Gott nicht finden. — Die Kraft, die das „Ich" immer wieder zerschmettert und den Menschen in den Staub wirft, wird sich aber auch ihm offenbaren; er wird wandeln in der Dunkelheit, im Leid, bis er das Licht der Welt wiederfindet.

Nach Zeiten tiefster Dunkelheit und verzweifeltem Irren erstehen Menschen, die das Licht der Welt, die Erkenntnis Gottes auf die Erde zurückbringen: Vermittler des Gesetzes. Ob sie nun Moses, Christus, Mohammed, Franz von Assisi, Buddha, Laotse oder Kung-Fu-Tse heißen, sie alle vermitteln die Bahn, den Weg im Gesetz. Gleiche Erkenntnisse binden sie und die Menschheit mit dem Ewigen. Keine Rassenfragen, kein Nationalismus, keine Konfession oder Dogma trennt sie.

Gehen wir zurück zu unsern Vorfahren, so sehen wir immer denselben Gott: Odin, der Odem, der Atem, das indische Atma, der große Wind und Atem der Natur, Gott die wogende Kraft des Alls offenbart den alten Germanen das Reich Gottes. Die beiden Raben auf Odins Schulter: Hugin und Munin, das Einatmen und Ausatmen, das Hohe und das Mindere, der Tag und die Nacht, der Sommer und der Winter, die Sonne und der Mond umkreisen die alte Erde.

Die Bibel spricht vom Reich des Vaters, Sohnes und des Heiligen Geistes. War vielleicht das Judentum das Reich des Vaters? das Christentum das Reich des Sohnes? und kommt jetzt über uns das Reich des Heiligen Geistes?

Gott offenbart sich in der Materie, das läßt uns erkennen, daß auch wir Werkzeuge sind des Gesetzes, und in uns wird die Kraft des Gesetzes wachsen und unser Werk wird das Richtmaß, die Stimme des Schöpfers. So wird das „Ich" sich hingeben im All, zeugen und auferstehen im Freund, im Bruder, in der Schwester, im Volk, in der Menschheit, im All! So ist uns Gott Hingabe, Wandlung und Auferstehung: Schöpfung.

Wer nach Schuld sucht, wer nicht in dem Weltenlauf die Auswirkung des göttlichen Gesetzes erkennt, wer nicht im Weltkrieg und Revolution, unter dem Lichte dieser fürchterlichen Verbrennung des Unwesentlichen, die Fackel der Wahrhaftigkeit erkennt und die Menschlichkeit nicht wiederfindet, wird von Untat zu Untat wandeln, bis Resignation und Selbstmord ihn erstickt.

Wenn der Mensch sein „Selbst" los wird an die Menschheit, findet er sein „Ich" zeugend, gestaltend im „Du" wieder. Wer „Ich" sucht, findet das „Böse"; wer „Du" sucht, findet Gott. Hier liegt der Sinn aller Schöpferkraft. Wenn der Mensch sein „Ich" überwandt und sein Selbst vergaß, hörte er den Rhythmus der Ewigkeit. Wer an sich verzweifelte, überwandt den Götzen „Ich" nicht. Der Mensch erkennt Gott und das gemeinsame aller Kräfte der Natur erst, wenn er sich selber los ist.

CARL EMIL UPHOFF.

SCHREI DER ARMEN

Schönes Leben,
Du liebes, schönes Leben!
In deinem Angesicht darben,
O bitteres Los!
In deiner Fülle hungern,
O peinvolle Not!
Deine Frühlinge freudlos durchpilgern,
O Aufbegehren des Herzens!
Zu deinen Feiern weinen,
O Krampf in der Seele!

Wir Armen!
Geboren, um Mensch zu sein —,
Aus unmäßiger Fülle erschaffen,
Um die Fülle des Daseins zu krönen —,
Mit Sinnen herrlich begabt,
Das Licht der Gestirne
Und die süßen Gaben der Erde zu kosten —,
Mit Kräften erfüllt,
Um Naturgewalten zu meistern,
Überschwänglich beschenkt
Und dennoch in Armut verhaftet!

In Armut verflucht!
Der Geist von Panzern umschmiedet,
Seele in Kerkern des Hasses zum Toben verdammt!
Leib zerfurcht und zermürbt!
Mensch — — —,
Wir Menschen! als Sklaven verkauft und geknechtet,
Kriegen zum Fraß —, Mammon zum Opfer erkoren!
Schmählichen Toden von erster Stunde verfallen!
Menschen — —!:
Wir Menschen der Armut,
Ach!,
Zum höllischen Tun bestimmt,
Mensch durch den Menschen zu schänden!!

Leben,
Du liebes, schönes Leben!
Aus Kerkern
Weinen dir unsre Augen nach —,
Aus Sümpfen
Jammert dir unser Elend entgegen,
Aus Höhlen
Glotzt unsere Schande dich an.
In Fesseln
Sehen wir dich frei durch Ewigkeit schreiten,
In Lumpen
Deine Fülle dich prächtig gewanden,
In Tränen
Deine Frühlinge frohlockend dich schmücken
Und deine Herbste
Dir purpurne Ernten bereiten.

Schönes Leben!
Du liebes, schönes Leben!
Braut du, die unserer hochzeitlich harrt:
Schmach!!
Die Vettel Armut zerhurt unsere Kräfte!
Schmach!!
Die Armut verpestet Seele und Sinne!
Schmach!!
Verenden im Arm der Vettel —,
Sterben in Ketten des Goldes
Ist das Geschick!
    O Leben!
    O liebes, schönes Leben — — —!?

EIN BRIEF AN EINEN FREUND

Worpswede, den 7. Juli 1920.

Sie äußerten starkes Interesse an meiner Einstellung zu den Geschehnissen unserer Zeit und wollen gern das Bild, die geschlossene Form meiner Vorstellungskraft sehen über die Konsequenzen der gegenwärtigen geistigen Bewegungskurve.

Meine Einstellung, lieber Freund, ist die eines reinen Künstlers, so unpolitisch wie belanglos für die Entwicklung der Menschheit. Wie könnte auch nur ein wahrer Künstler, der nicht Narr ist, durch irgend kommende Einstellungen seine geistig freie Bewegung einmauern wollen? Eine politische Einstellung wäre eine Balance der materiellen Existenzfrage. Mir gilt das Wort: — — Ich lebe so und bin das, was mir die höchste Ausbeute meiner künstlerischen Möglichkeiten sichert. Das ist auch ein Egoismus, weil ich glücklich bleiben möchte. Die Ausbeute der künstlerischen Möglichkeiten aber ist nur in eigenen Feldern, und zwar in den Feldern der angeborenen Talente möglich. Hier ist auch nur eine menschliche Entwicklung denkbar. Ich schätze nur das Werk, die Tat, das Resultat einer geistigen Konzentration, nicht aber den Erzeuger, denn derselbe ist nur das Werkzeug einer Manifestation des geistigen Willens. So auch kann nur wahre Kunst entstehen in Demut.

Wenn mich eine geistige Kurve innerlich bewegt und von mir eine Form verlangt, wenn eine Notwendigkeit eines Gebärens mich leitet und drängt, dann erlebe ich die Intuition oder auch, wenn die Intuition mich erfaßt, dann werde ich Tat, und eine Form stößt sich vor ins Sichtbare, ins Licht.

Soll ich mich in solchen Augenblicken fragend an den Intellekt wenden, soll ich da Vernunft sprechen lassen, soll ich durch einen Schein die inbrünstige Heiligkeit entweihen, soll ich mit zivilisierten Fragen die

reine Formwerdung belasten, soll ich unrein werden? Nein! — — lieber stürbe ich, da mir die wirkliche Kunst heilig ist. Ich habe nicht die Aufgabe, zu erziehen, nicht zu wirken, auch nicht einmal das Recht, mich zu fragen, ob die Form wirkungsvoll sei. Kein spekulativer Gedanke darf eine Schöpfung verunreinen, auch nicht der eitle Gedanke der Güte. Das Werk will rein geboren sein, um dann aus sich die Kurve der Bindung mit dem Beschauer zu finden, und durch diesen in sein Leben hineinbezogen unzertrennlich weiterzustrahlen in die geistige und in die physisch fruchtbare Zelle. — — Nur so wird ein Kunstwerk ewig. Dieses, Freund, ist meine Einstellung, und aus dieser heraus läßt sich leicht meine Stellung zur politischen Welt konstruieren.
Alle neuen Experimente sind rein wissenschaftliche Arbeiten, die neben dem intuitiven Ausgang eine unzweideutige Beendigung verlangen, wenn sie wirken sollen. Eine vorübergehende Wirkung ist nicht eine dauernde Kulturtat. Die heutigen kommunistischen Experimente, die überall auftauchen, sind nicht reine Werke, sondern von tausend Nebeninteressen geleitete. Es gibt Köpfe, die in ein solches Experiment ihre ganze Kraft, ihre ganze Reinheit stecken, die sich aber nur dann aus den Enttäuschungen retten, wenn sie die stille, große Natur selbst erreichen — buddhistisches Nirwana —, erleben, durch Geklärtheit den Strom weitergeben unberührt, grausam groß und unmenschlich göttlich.
Wo sind diese Gottmenschen, wo finden wir ihr Blut, wo ihre tiefen Leiden, die vorausgingen?
Ich zweifle nicht an der Existenz von Christusnaturen, nicht an der Buddhas, nicht an der Zarathustras der Berge, nicht an den Sehnsüchten der Zeit, nicht an der Unbegrenztheit der Liebe und nicht an der der heiligen Kunst. Wo aber finden wir sie, wo sollen wir diese Unbegrenztheiten suchen? Sollen wir den Menschen den Trost der Existenz verkünden, ihnen sagen, daß so etwas lebt, daß so etwas unter ihnen wandelt?
Sollen wir ihnen die Existenz predigen? Wer soll diesen Liebesdienst dem Volke bringen, der Heilige selbst? Mich schaudert vor dieser Über-

hebung oder vor der Trübheit der Gesichter in unserer Zeit der Skepsis des Unglaubens.
Die Inbrünstigkeit der großen Glaubenszeiten verlangte die Predigt von Überzeugten. Wer kann Führer sein? Nur, der heilig ist? Wo ist das geschlossene Bild, wo die Form der Zeit, wo die Gemeinsamkeit, wo das Gemeinsame? Können und dürfen wir den Blick zurückwenden, haben wir das Recht, unsere Ohnmacht einzugestehen, sollen wir die verlorene Wurzel suchen? — Jagen wir in die sausende Welt ewig ziellos und unbestimmt? Wurde unsere letzte Bestimmung von einem Riesen auf eine falsche Bahn geschleudert, die wir ohnmächtig zerbrechend durchlaufen? — — Wo ist da die letzte Rettung? — Klarheit! — Denken! Können wir überhaupt falsch denken? Die Möglichkeit liegt in uns, wir sind es selbst, doch wir können uns nicht, selbst nicht durch Denken, aus unserer Bahn retten. Wenn wir nur durch Denken unsere Kreise ziehen können und nicht, wie früher durch Glauben, dann ist uns unser Weg gegeben. Selbst der tiefsinnigste Philosoph kann uns nicht überzeugen. Wir sind selbst, wir stützen unsere Existenz, wir sind allein. Es gibt eine organisierte Gemeinschaft des Geistes, sie würde an unserer Arroganz und Skepsis zerschellen. Es gibt nur der Einzige, der alle Verantwortung an sich reißt, alle Fehler in sich sucht, sich entwickelt als Einsamer.
Die höchste Einsamkeit gibt die ungebundenste Gemeinschaft der Einsamen, die die Bürde des Lebens und mit ihr alles Schwere selbst auf sich nehmen. Das ist für mich Gemeinschaft, die nicht gebildet, sondern die da ist, die man erlebt. In uns und nicht in andern Völkern müssen wir das Gleichnis suchen. Das Zusammenleben wird durch die geistig künstlich fundierte Gemeinschaft zerstört, wird zerrissen, muß elendlich am Zwang zerbrechen. Gemeinschaft aber ist und lebt dort, wo Glaube ist, wo ein gemeinsames Ziel leitet. Wo aber ist das Ziel unserer Tage?
Die weiße Rasse zerstört alles, was Kultur ist. Europa ist durch den sachlichen Zweifel frei geworden vom Glauben. Der Fuß der weißen

Rasse, Europas Fuß, weil auf diesem Fuße der gewaltige Kopf eines Denkers ruht, wohin er auch tritt, zerstört er alle Kulturen der gewesenen Zeiten. Der Denker ist mit seinem differenzierten Suchen auf dem Wege des Zweifels an die unfaßbarsten Geheimnisse der mechanischen Natur gekommen, ist eingedrungen, und je mehr er weiß, um so mehr sucht er. Er besitzt Macht in seiner Methode, er überwindet selbst den Götterglauben und damit die Kulturen aller Völker, er ist weise und sein Verstand ist hell, kristallen. Wo aber die Kraft einer Methode siegt, beweist er seine Existenz. Er überwindet den Götterglauben, er überwindet den Stil, er überwindet das fromme Feuer der Zerknirschung vor der Autorität. Er bildet ein Chaos durch die Zeugung der Jugend. — —
Er muß den letzten Schritt tun und wird ihn tun, den — sich selbst zu überwinden in Demut. Den Schritt über die Erkenntniskurve hinüber zur Demut, zum Glauben an sich, an das Göttliche in ihm. Ein unerhörter Schritt, ein Schritt, der unter sich den Abgrund und das Feuer der Vernichtung überquert. Glaube, über sich hinaus an die Tat, an das Werk und mit diesem Glauben für sich jede Wichtigkeit verliert.
Zurück zu einer anderen Kultur, zu einem anderen Volk — — unmöglich, es wäre ein sentimentales Gebaren, ein Sterben in den kalten Armen eines Toten. Der Mensch mit dem heiligen Symbol der Ewigkeit steht neben ihm, er fühlt ihn, ihn zu erobern ist dem Rückgewinnen eines Stils gleich. Dennoch ist er wirklich ein Eroberer, er erlebt ein neues Erleben, eine neue Welt. Alles, was vorausging, war eine Zellentätigkeit, ein Verneinen und Bejahen zugleich. Das Problem des Suchens nach der Einheit. Das Hetzen, das wilde, verzweifelte Leiden in Sehnsucht, das umfassende Schauen, das Umkreisen, das Umspannen der Welten, das Durchstoßen in Tiefen unseres Seins, gefoltert durch ekstatisches Verlangen, das ächzende Aufschreien nach Erlösung. —
Dieses alles ist ein heiliges Bauen an dem neuen Symbol, am Symbol, was wir neben uns sehen ganz dicht, greifbar, doch er mußte den kosmisch

unendlichen Weg der Qualen gehen, um dieses Symbol der Ewigkeit neu zu erobern, die neue und die alte Natur zugleich. Menschenprobleme. Ist dieses Vorzug der weißen Rasse, oder ist es ein Erwachen?. Sicher ist, daß alle Epochen und daß alle Rassen Ähnliches erleben mußten und daß alle Völker auch eine Form für dieses Erleben in die Welt stellten. Diese Menschenprobleme schaffen sich selbst eine Plattform, einen fruchtbaren Boden, sie gebrauchen der Predigt nicht, sie folgen ihrem inneren Gehalt, dem fernsuchenden Geist. Beweist die Predigt nicht, daß es Not tut, Bestehendes festzuhalten, ruht darin nicht schon die Gefahr der Vernichtung, sind es nicht schon spekulative Geister, die sterben müssen? — Nur die wahre Erkenntnis, die Offenbarung, die den Demütigen findet hat den unendlichen Kulturwert.

Ich weiß, es wandelt der Buddha unter uns, und das Gesicht des Gekreuzigten begegnet uns oft in irgendeinem Wesen, und die Leiden einer kranken Seele sind die Quellen dieser Wunder und das ewige Lächeln begegnet uns in einem Kinde. Das ist das Lächeln des Weisen und der Weise schafft Gesetze und lächelt und seine Gesetze sind Freiheit. Das schönste und ewigste Kunstwerk ist das am endlichsten begrenzte. Das Endlichste ist eben ewig, wie das Ewige endlich umgrenzt sein kann. Das ist das wahre Symbol des Ewigen, welches am lebendigsten zu umfassen ist mit endlichen Sinnen.

Wenn der Europäer krank ist, so bedeutet das nichts anderes, als daß eine tiefe Erschütterung, die ihn eine neue historische Begeisterung erleben ließ, ihn wankend machte in seinem Tun, ihn veranlaßte zu seinem letzten Entschluß, zur Rückeroberung des verharrenden Gottes. Kein Götterglaube, sondern Menschenglaube.

Das Regieren des Volkes geschieht aber nicht von diesem Standpunkt, denn nicht die Idee vermag zu führen, sondern der praktische Geist, denn wir wollen nicht Kultur im Staate, sondern reine Zivilisation; der

Ordnung wegen, um Platz und Zeit zu haben, uns selbst zu erobern und zu überwinden. Kultur ist nicht das, was der Staat soll und kann, sondern er soll Gerechtes an Gerechtes reihen nach menschlichem Ermessen.
Wo aber sind die wahren Führer? Was nützen uns die kleinen nichtssagenden Experimente, Kultur zu züchten, was bringen uns die kommunistischen Ideale? Sind die Resultate von Bedeutung für die Kultur des Volkes? — — Vielleicht ist es nichts wie Ausdruck von Sehnsucht, jedenfalls aber alle spekulativ und somit unmöglich und dem Untergang geweiht.
Es gibt eine Tat, die ziellos wie absichtslos ist, und diese Tat ist kulturfördernd, ist ungewollt; daneben gibt es zielwollende, wohl abgewogene, das ist Zivilisation, und diese hat für die Ordnung im Staate die größte Bedeutung. Tüchtige, erfahrene Männer gehören an die Spitze, keine Kinder, keine Sentimentalitäten, klare Köpfe mit großer praktischer Erfahrung, Menschen, zu denen man Zutrauen haben kann, Menschen, die im menschlichen auch ihre Fehler haben dürfen, aber gewissenhaft für das Volk sich einzusetzen vermögen. Unsere Bewegung ist kläglich, überall tauchen Propheten auf, solche, die Gleichheit und Brüderlichkeit predigen, solche, die die höchste Freiheit künden und solche, die den dauernden Bestand als das höchste Gut des Volkes anerkennen und verteidigen. Allen den Kindern, die als Neulinge den praktischen Kommunismus predigen, soll man erwidern, daß man sich den Zustand als letztes Erreichen im Tode vorbehalten möchte.
Hätten wir soviel Kanzeln wie Einfältige, die alle an ihre Mission zu glauben vorgeben, so würden wir Tausende von Kilometern damit bedecken können. Obgleich ich kein Politiker bin, so weiß ich doch bestimmt, daß wenn die Bewegung Leben eines Volkes bedeutet, daß eine Regierung keine extreme sein darf; damit nicht die Gefahr eintreten kann, daß eine

Übersättigung irgendeiner Überzeugung als fetter Kadaver die anständige Lebendigkeit verpestet.

Der nordische Mensch hat ganz vergessen, daß auch seine Rasse einst eine starke Kultur hervorgebracht hat, er ist beleidigt, wenn ein Künstler in sich Urzellen entdeckt, die eine erinnernde Form zeugen — er weiß nicht, daß er sich selbst bekämpft, hat vergessen, daß er einige hundert Jahre von der Kultur des Westens gelebt, hat vergessen, daß in ihm der vertikale Sinn lebt, der Sinn hinauf zur Sonne im Gegensatz zu dem Sinn der Völker, die die Glut der Sterne fürchten, sich abdecken im horizontalen Schutz — so sich fließen lassend im horizontalen Erleben. Man kann behaupten, daß alle vertikalen Schöpfungen von nordischem Geiste gezeugt und alle horizontalen von morgenländischem.

In dieser sich überrasenden Zeit ist der Stützpunkt zum ruhenden Sich-Besinnen die Zivilisation, nicht aber der Kulturwille, der kommt und geht, wie er will und läßt die Menschheit in größter Verzweiflung zurück. Gebundenheit durch Zivilisation ist nur äußerlich, die Lockerung geschieht durch glückliche Politik, die Freiheit aber läßt sich durch nichts finden, sie liegt in uns, kommt und geht nach eigenem Gesetz, die Form, die wir Kultur nennen, ist nur Ausdruck ihres Willens und die davon befallen, sind geheiligt.

Es wird alles nur eine Läuterung, und alle Läuterungen werden Erkenntnisse bringen, die umgestalten, und alle Umgestaltungen werden ein Beweis des Lebens sein.

Ziele sind nur Höhenkurven in der Bewegtheit der Gestaltung, und alles dieses ist notwendig zum Leben.

INHALT

TEXT

S. D. GALLWITZ / Dreißig Jahr Worpswede . . . . 7 — 52
CARL HAUPTMANN / Tagebuchblätter . . . . 54 — 56
WALTER VON HOLLANDER / Münchhausen . . . . 57 — 70
HEINRICH VOGELER / Dir 71
PAULA MODERSOHN-BECKER / Von Worpsweder Leuten . . . . . 72 — 75
LUDWIG BÄUMER / Verkündigung 76
OTTO TÜGEL / Traum von drei Toten 77
LUDWIG TÜGEL / „Seul avec mon âme". 78
HEINRICH VOGELER / Gott . . . . 79 — 81
C. E. UPHOFF / Schrei der Armen . . . . 82 — 83
BERNHARD HOETGER / Ein Brief an einen Freund . . . . 84 — 90

BILDER

FRITZ MACKENSEN / Mutter und Kind 97
OTTO MODERSOHN / Gehöft in Worpswede / Brücke über die Wümme 98 — 99
HANS AM ENDE / Moorlandschaft
    Auf der Hamme. Radierung / Hermann Almers. Radierung. . . . 100—101
FRITZ OVERBECK / Sturmlandschaft / Aus Worpswede . . . . . . 102—103
CARL VINNEN / An der Buhne 104
KARL KRUMMACHER / Beim Kaffee 105
WALTHER BERTELSMANN / Frühling an der Hamme / Im Stall . . . 106—107
EMMY MEYER / Landschaft mit Birken 107
EDMUND SCHÄFER / Alter Bauer 108
HEINRICH VOGELER / Sommerabend / Kinderbildnis / Die Frau im Kriege
    Bildnis Martha Vogeler / Selbstbildnis / Die rote Marie / Zusammenbruch / Kind an der Brust / Halle im Barkenhof . . . . 109—114

PAULA MODERSOHN-BECKER / Selbstbildnis / Mädchen mit Katze / Kinderkopf / Mutter mit Kind / Junge am Wasser / Schlafendes Kind / Kind, auf Kissen sitzend . . . . 115—121
WILHELM BARTSCH / Gehöft mit Kühen 122
UDO PETERS / Am Kanal 123
CARL WEIDEMEYER / Aktstudie 124
HEINRICH ASSMANN † / Bildnis C. E. Uphoff 125
CARL EMIL UPHOFF. / Abendmahl / Büste. Selbstbildnis / Radierungen aus der Mappe „Adam und Eva" . . . . 126—128
LORE UPHOFF-SCHILL / Selbstbildnis 129
FRITZ UPHOFF. / Bildnis Walter von Hollander / Brückenlandschaft . . . 130—131
A. SCHIESTL-ARDING / Rast auf der Flucht / Winterlandschaft . . . . 132—133
E. RUMLER-SIUCHNINSKI / Stilleben / Im Dorf . . . . 134—135
KARL JAKOB HIRSCH / „Ich bin der Welt abhanden gekommen." Radierung / Isaac segnet Jakob . . . . 136—137
WALTHER MÜLLER / Bildnis eines Schriftstellers / Bildnis Bettina Vogeler 138—139
ALFRED KOLMAR / Der Dichter / Der Musiker . . . . 140—141
HILDE HAMANN / Der kleine Martin / Mutter, Kind, Katze . . . . . 142—143
WALTHER HAMANN / Weibliche Porträtbüste / Verkündigung 144
OTTO TÜGEL / Der erste Kuß 145
AUS DEM GÄSTEBUCH des Künstlercafés „Heidehof" Worpswede . . 146—147
CARL WEIDEMEYER / Wohnhütte 148
BAUERNHOF REIMERS 148
KUNSTHALLE PHILINE VOGELER 149
KUNSTAUSSTELLUNG SEEKAMP 149
BERNHARD HOETGER / Brunnenhof / Garten vom Brunnenhof / Ofenwinkel im Wohnhaus Hoetger / Wohnhaus Hoetger / Halle im Wohnhaus Hoetger / Eingangstor im Wohnhaus Hoetger / Porträtbüste Alfred Kolmar / Schopenhauer / Porträtbüste Leopold O. H. Biermann / Revolutionsdenkmal / Gruppe . . . . 150—159
HEINRICH VOGELER / Vignette 160

EINBAND UND TITEL HOLZSCHNITTE VON HANS SAEBENS-WORPSWEDE
EINBANDDRUCK HOLLANDERPRESSE WORPSWEDE
DIE PHOTOGRAPHISCHEN AUFNAHMEN WURDEN VON BERNHARD STICKELMANN, BREMEN GEMACHT,
DIE DES BRUNNENHOFES VON OSCAR BROCKSHUS, BREMEN
GEDRUCKT BEI GERHARD STALLING, OLDENBURG

Besitzer: Pelikan-Werke Hannover-Wien.

FRITZ MACKENSEN MUTTER UND KIND

OTTO MODERSOHN   GEHÖFT IN WORPSWEDE

OTTO MODERSOHN BRÜCKE ÜBER DIE WÜMME

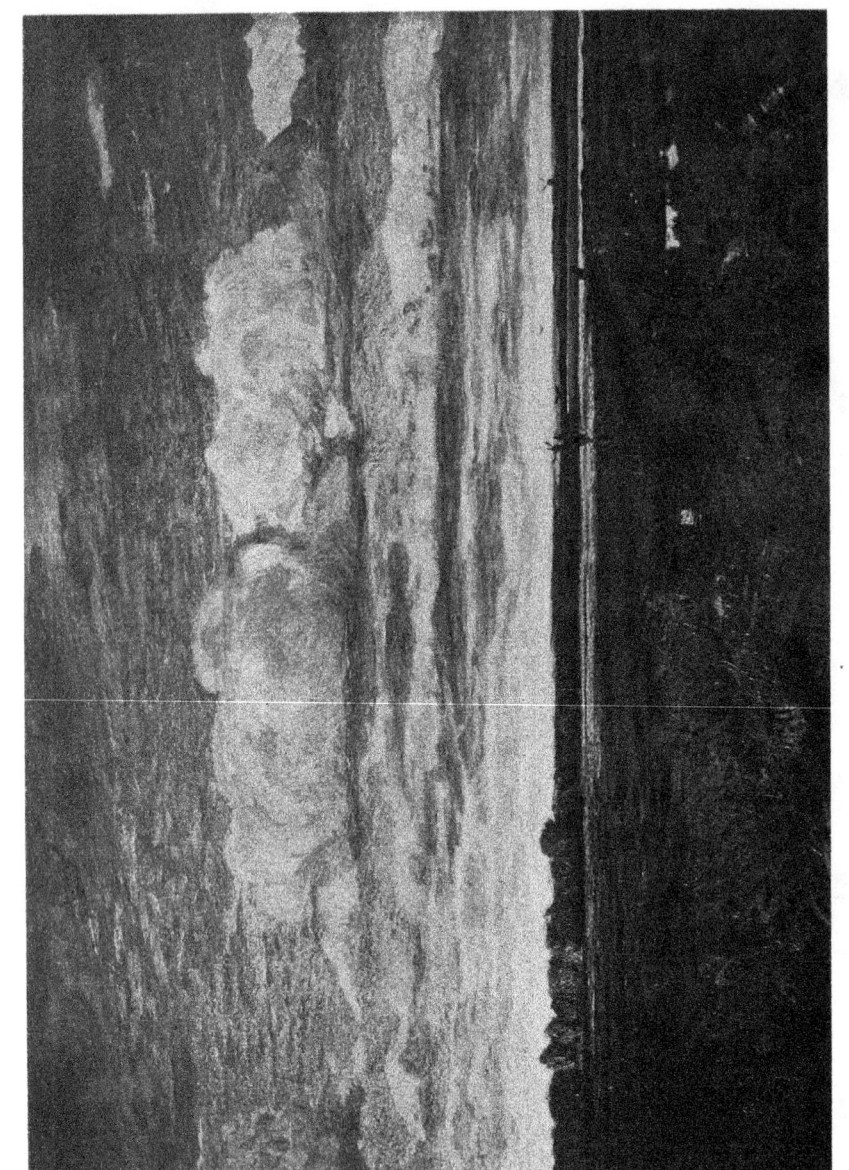

HANS AM ENDE

MOORLANDSCHAFT

HANS AM ENDE   RADIERUNG: AUF DER HAMME

HANS AM ENDE   RADIERUNG: HERMANN ALLMERS

FRITZ OVERBECK STURMLANDSCHAFT

FRITZ OVERBECK   AUS WORFSWEDE

CARL VINNEN AN DER BUHNE

KARL KRUMMACHER   BEIM KAFFEE

WALTHER BERTELSMANN FRÜHLING AN DER HAMME

EMMY MEYER   LANDSCHAFT MIT BIRKEN

WALTHER BERTELSMANN   IM STALL

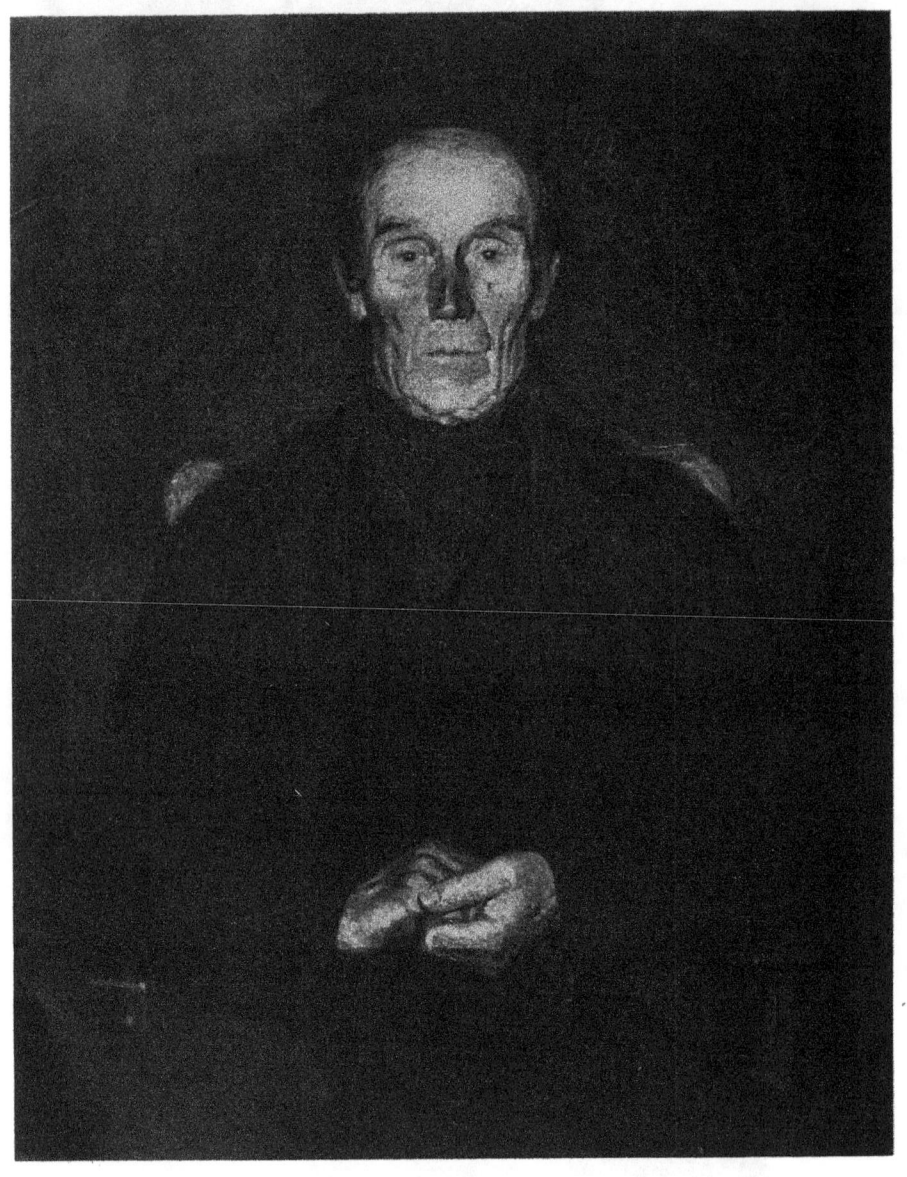

EDMUND SCHÄFER   ALTER BAUER

HEINRICH VOGELER SOMMERABEND

HEINRICH VOGELER KINDERBILDNIS

HEINRICH VOGELER   DIE FRAU IM KRIEGE

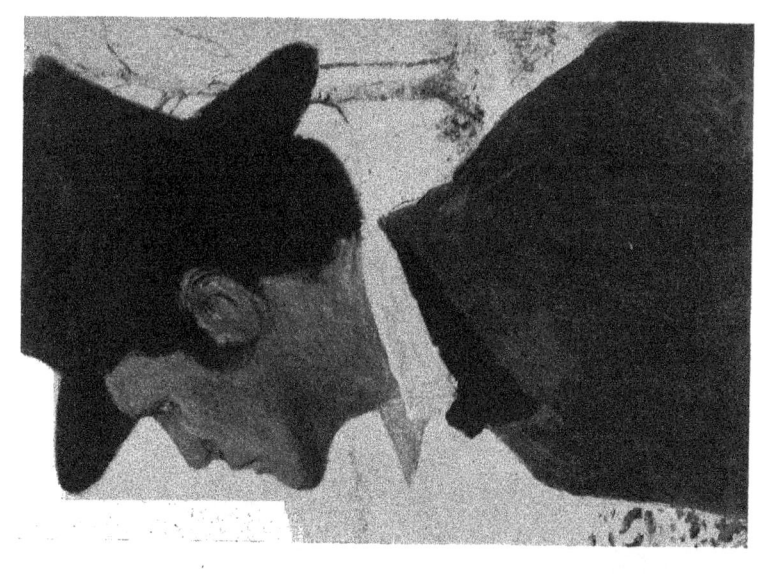

HEINRICH VOGELER — SELBSTBILDNIS

HEINRICH VOGELER — BILDNIS MARTHA VOGELER

111

HEINRICH VOGELER   DIE ROTE MARIE

HEINRICH VOGELER					ZUSAMMENBRUCH

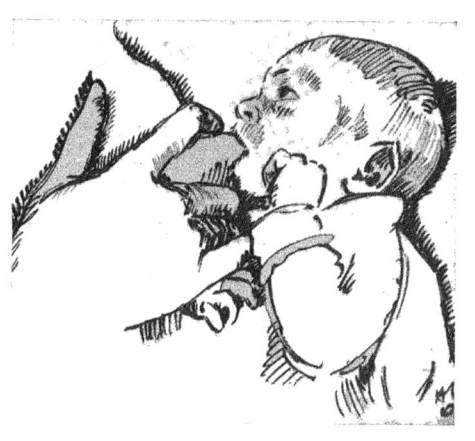

HEINRICH VOGELER			KIND AN DER BRUST

HEINRICH VOGELER   HALLE IM BARKENHOF

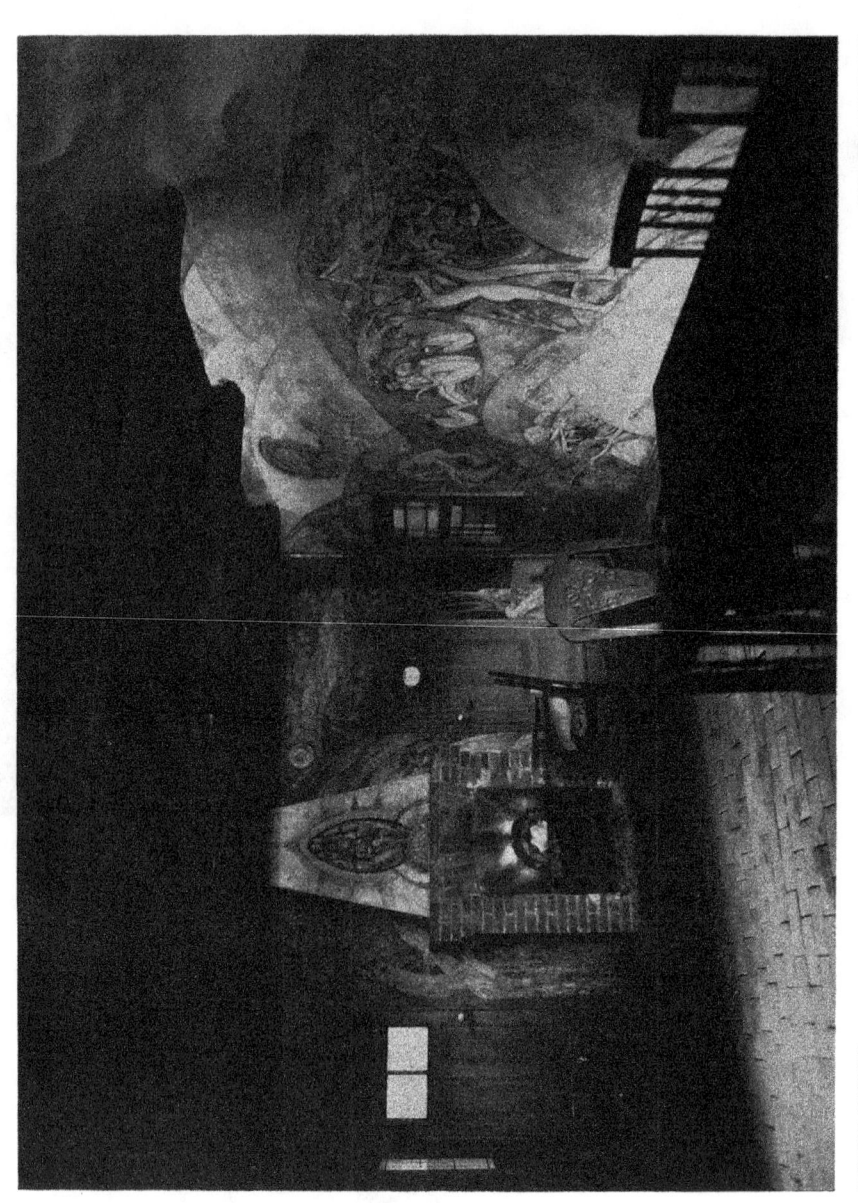

PAULA MODERSOHN-BECKER   SELBSTBILDNIS

PAULA MODERSOHN-BECKER   MÄDCHEN MIT KATZE

PAULA MODERSOHN-BECKER KINDERKOPF

PAULA MODERSOHN-BECKER   MUTTER MIT KIND

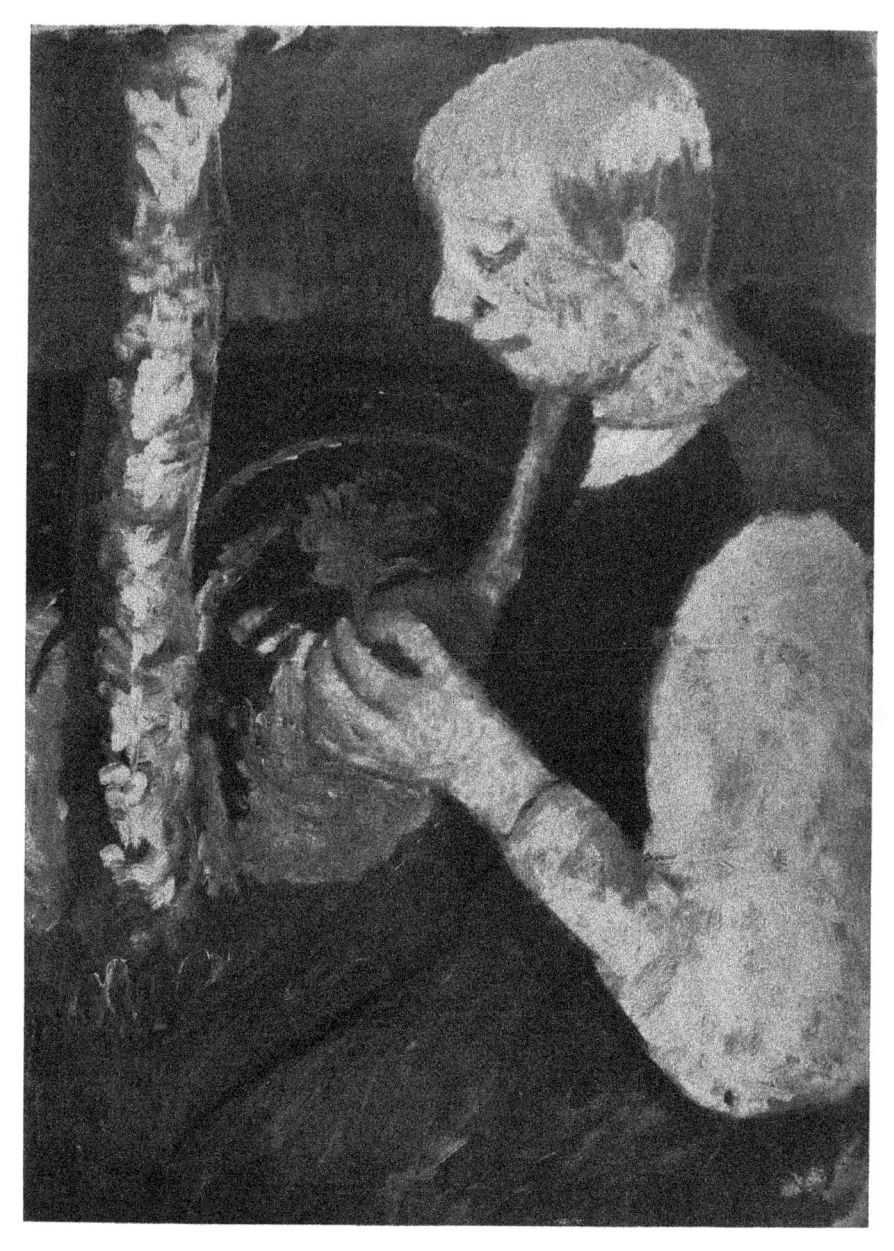

PAULA MODERSOHN-BECKER   JUNGE AM WASSER

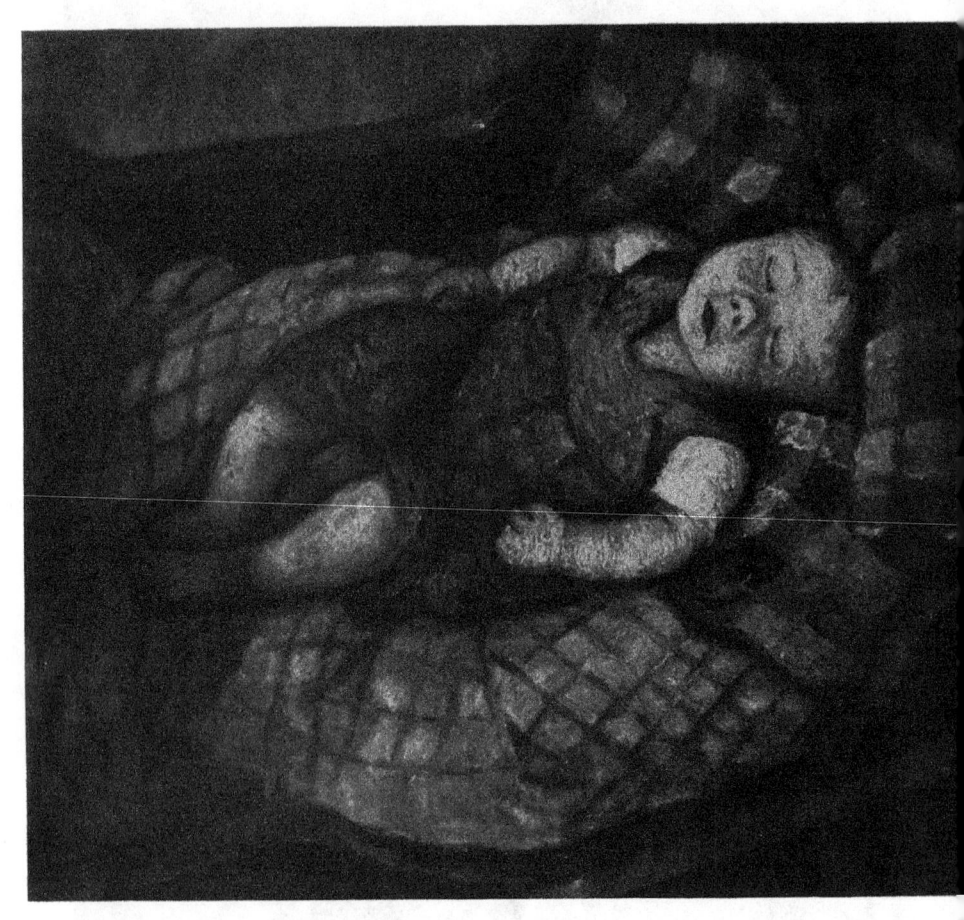

PAULA MODERSOHN-BECKER   SCHLAFENDES KIND

PAULA MODERSOHN-BECKER KIND AUF KISSEN SITZEND

WILHELM BARTSCH GEHÖFT MIT KÜHEN

UDO PETERS   AM KANAL

CARL WEIDEMEYER   AKTSTUDIE

HEINRICH ASSMANN † BILDNIS C. E. UPHOFF

CARL EMIL UPHOFF   ABENDMAHL

CARL EMIL UPHOFF   BÜSTE, SELBSTBILDNIS

Geschehen / gefallen ich /
Dem Tode verraten ich
Gott / Sterben nun / um zu
leben / Leben nun / um zu
sterben / Ewig leben und
sterben /
Aus Eden vertreibt Gott die
Menschen / sich selbst.

CARL EMIL UPHOFF RADIERUNGEN AUS DER MAPPE „ADAM UND EVA"

LORE UPHOFF-SCHILL SELBSTBILDNIS

FRITZ UPHOFF   BILDNIS WALTER VON HOLLANDER

FRITZ UPHOFF BRÜCKENLANDSCHAFT

A. SCHIESTL-ARDING   RAST AUF DER FLUCHT

A SCHIESTL-ARDING WINTERLANDSCHAFT

E. RUMLER-SIUCHNINSKI   STILLEBEN

E. RUMLER-SIUCHNINSKI   IM DORF

Mit Erlaubnis des Dresdener Verlages, Dresden

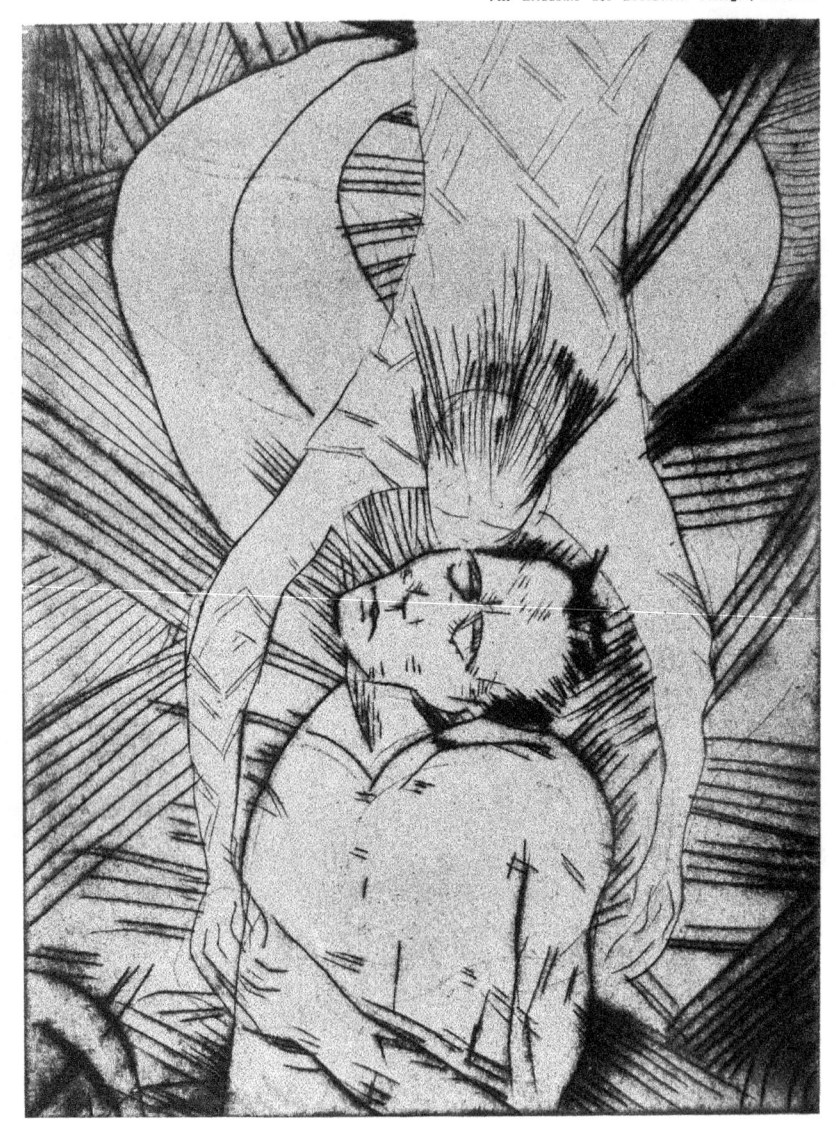

KARL JAKOB HIRSCH RADIERUNG AUS DER MAPPE ZU DEN LIEDERN VON GUSTAV MAHLER
„Ich bin der Welt abhanden gekommen".

KARL JAKOB HIRSCH　　　　　　　　　　　　　　　　　ISAAC SEGNET JAKOB

WALTHER MÜLLER   BILDNIS EINES SCHRIFTSTELLERS

WALTHER MÜLLER BILDNIS BETTINA VOGELER

ALFRED **KOLMAR**   DER DICHTER

ALFRED **KOLMAR**   **DER** MUSIKER

HILDE HAMANN   DER KLEINE MARTIN

HILDE HAMANN MUTTER, KIND, KATZE

WALTER HAMANN — WEIBLICHE PORTRATBUSTE

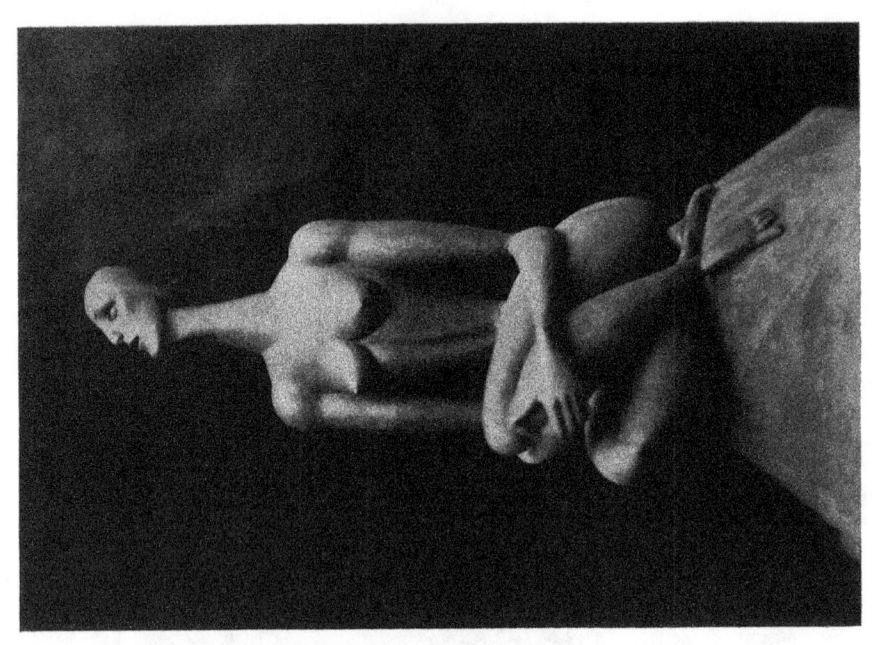

WALTER HAMANN — VERKÜNDIGUNG

OTTO TÜGEL   DER ERSTE KUSS

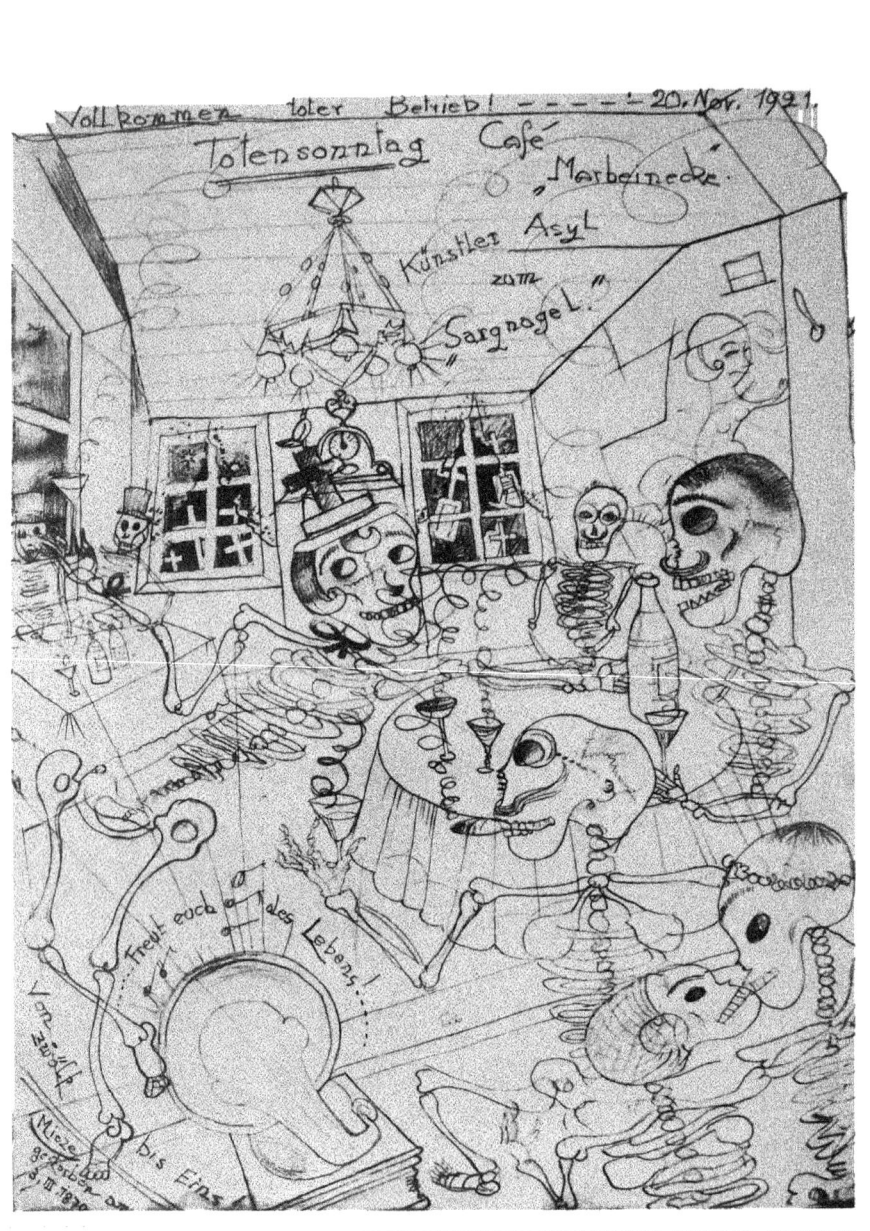

AUS DEM GASTBUCH DES KÜNSTLERCAFÉS „HEIDEHOF" WORPSWEDE

AUS DEM GASTBUCH DES KÜNSTLERCAFÉS „HEIDEHOF" WORFSWEDE

CARL **WEIDEMEYER**   WOHNHÜTTE

BAUERNGEHÖFT REIMERS

KUNSTHALLE PHILINE VOGELER

KUNSTAUSSTELLUNG SEEKAMP

BERNHARD HOETGER　　　　　　　　　　　　　　　　　　　　BRUNNENHOF

BERNHARD HOETGER　　　　　　　　　　　　　　　　　　GARTEN VOM BRUNNENHOF

BERNHARD HOETGER OFENWINKEL IM WOHNHAUS HOETGER

BERNHARD HOETGER   WOHNHAUS HOETGER

BERNHARD HOETGER   HALLE IM WOHNHAUS HOETGER

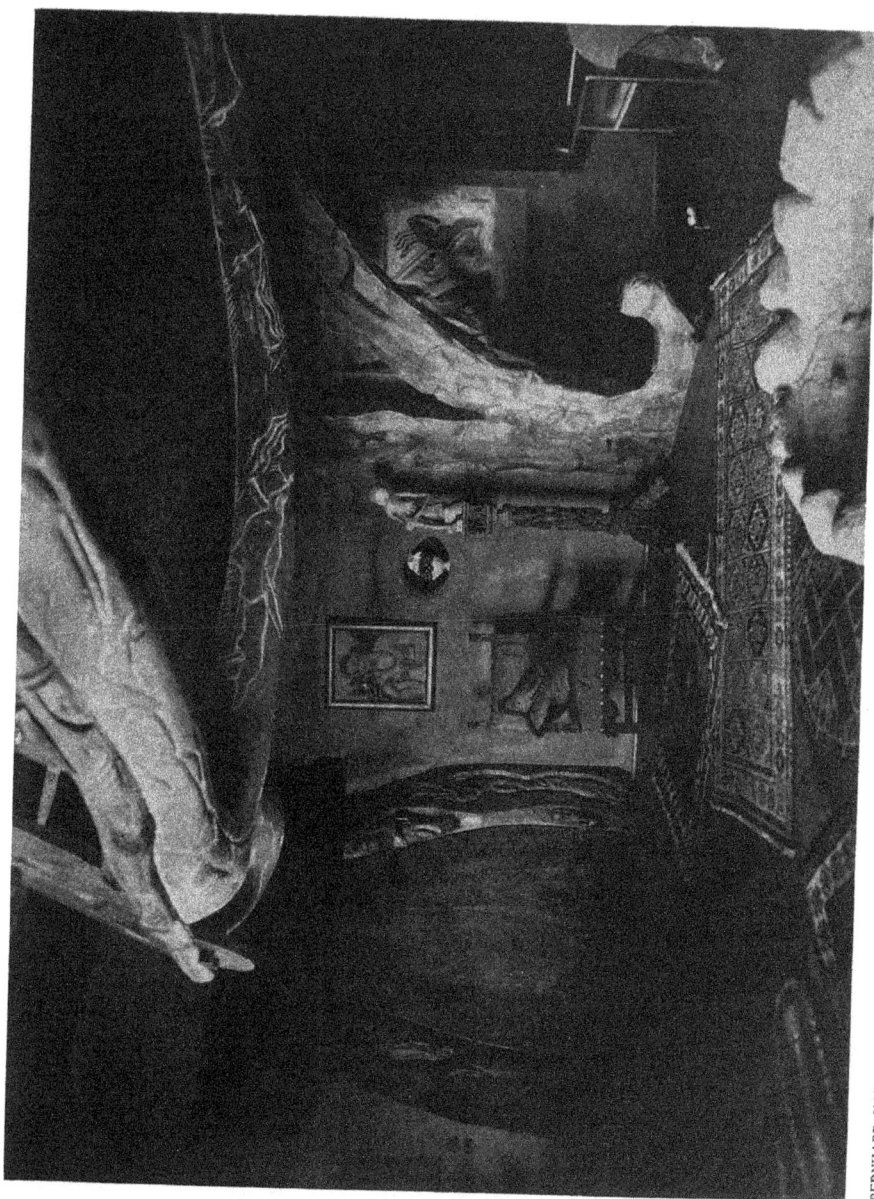

BERNHARD HOETGER   EINGANGSTOR IM WOHNHAUS HOETGER

BERNHARD HOETGER   PORTRÄTBÜSTE ALFRED KOLMAR

BERNHARD HOETGER   PORTRÄTBÜSTE SCHOPENHAUER

BERNHARD HOETGER — PORTRÄTBÜSTE LEOPOLD O. H. BIERMANN

BERNHARD HOETGER   REVOLUTIONSDENKMAL

BERNHARD HOETGER   GRUPPE

CPSIA information can be obtained
at www.ICGtesting.com
Printed in the USA
BVHW080047040119
536981BV00007B/85/P